U0559394

谨以此书献给我的第二故乡青海！

嗨！中华对角羚

葛玉修 著

青海人民出版社

图书在版编目（CIP）数据

嗨！中华对角羚 / 葛玉修著 . -- 西宁 : 青海人民出版社 , 2020.12
ISBN 978-7-225-06123-8

Ⅰ . ①嗨… Ⅱ . ①葛… Ⅲ . ①纪实文学—中国—当代 Ⅳ . ① I25

中国版本图书馆 CIP 数据核字（2020）第 272420 号

嗨！中华对角羚

葛玉修 著

出 版 人　樊原成
出版发行　青海人民出版社有限责任公司
西宁市五四西路 71 号　邮政编码：810023 电话：（0971）6143426（总编室）
发行热线　（0971）6143516 / 6137730
网　　址　http://www.qhrmcbs.com
印　　刷　陕西龙山海天艺术印务有限公司
经　　销　新华书店
开　　本　787 mm × 1092 mm　1/32
印　　张　7.5
字　　数　120 千
版　　次　2021 年 4 月第 1 版　2021 年 4 月第 1 次印刷
书　　号　ISBN 978-7-225-06123-8
定　　价　48.00 元

版权所有　侵权必究

2019年2月2日，《人民网》刊登了青海省“两会”政府工作报告。当看到报告中“藏羚羊、中华对角羚（普氏原羚）的种群数量均比保护初期增长了两倍以上”的文字时，我激动得泪盈眼眶！

从当地人都叫不出名字到闻名全球，从“普氏原羚”到“中华对角羚”，从种群仅存200余只到2700多只，从自生自灭到进入政府工作报告；而我，也从而立之年到花甲之年，从普通摄影爱好者到成为一名民间环保人士……其中的艰辛怎能不令我浮想联翩、感慨万千！

目录

拍羚之记

“中华对角羚（普氏原羚）”这一美丽的物种栖息在美丽的青海湖畔。中华对角羚是我40多年摄影中的一次偶遇，这次拍摄偶遇，使我与中华对角羚结下了不解之缘。从此，倾注我心血、融进我血液的中华对角羚，与我的人生相伴而行直到现在，它不仅使我坚定地走上了野生动物拍摄之路，更使我成长为一名环保主义者。

1. 初闻大名

壮美的青海湖，是国家级自然保护区，位于青藏高原东北部，水域面积达4952平方公里，湖面海拔3194米，是我国最大的内陆咸水湖。青海湖的水是蓝绿色的，颜色

随天气的变化而变化，湖水十分清澈。她的美丽和宽广，超乎想象，放眼望去，碧波万顷，无边无际，来过此地的很多人都说，这哪里是湖，分明是海！不仅如此，这个看似悄无声息的“海”以及周边，还是一个喧嚣的世界——天上飞着鸟，湖里游着鱼，湖边草场活跃着众多的野生动物。青海湖区以其独特的地形地貌、气候特点，形成了相对独立完整的生态系统，被列为国际重要湿地。青海湖区景色宜人，在《中国国家地理》2006 年组织的“选美中国”评选中，被评为“中国最美的五大湖”之首。

青海湖是高原生物繁衍生息的重要场所，最新的统计

数据显示，青海湖共有鸟类 225 种、兽类 41 种、两栖爬行类 5 种、鱼类 8 种。其中，国家一级保护动物 8 种，二级保护动物 29 种,属于《濒危野生动植物种国际贸易公约》的有 38 种。没想到的是，在我的拍摄生涯中，这些鸟和

动物竟然成了我的拍摄对象。一年又一年，我与青海湖畔的这些野生动物建立了深厚情感,既像自己心中的“恋人”，又像我想倾力保护的“家人”，无法割舍。一年四季，春夏

秋冬，我往返于西宁与青海湖之间，不断拍摄和呼吁保护这些美丽精灵。

最初闻知中华对角羚是在 1995 年。时任青海省野生

动物保护管理局局长的郑杰，看到了我拍摄的鸟儿照片，高兴地说，你拍的这些鸟儿很漂亮，但青海湖有一种羚羊，叫“普氏原羚”，是仅存于青海湖周边地区的野生羚羊，数量非常少，还没人拍到过，你应该去拍拍。从他饱含深情的介绍中，我感到了普氏原羚的珍稀和他对这一物种的关爱。他提出拍摄羚羊，算是提醒，也算是任务！

从此，我就上了心。在强烈的好奇心驱使下，四处寻找有关普氏原羚的资料，却未如愿。后来从青海湖自然保护区管理局职工荣国成手中的一本《青海省经济动物志》上看到了普氏原羚的有关资料。《青海经济动物志》是由中科院西北高原生物研究所编的工具书，权威性很强。该书对这种羚羊的介绍虽然仅1000字，却让我了解到普氏原羚的一些基本情况：普氏原羚属牛科，羚羊属中小羚羊的一种，中国特有物种。人们称之为“黄羊”“滩黄羊”，一般栖息在较为平坦的山间盆地、湖周围地带，其活动范围小而固定，受到明显的外界干扰仍不越出平时的活动范围，更谈不上会到其他环境生活。书中还说，目前这种动物在本省（青海省）已濒危，仅栖息在青海湖周边地区。若再不引起有关部门的注意，不久将趋于灭绝。

在其他零星资料中我了解到：1862年，俄国职业情报军官、自然博物学家普尔热瓦尔斯基在中国内蒙古草原上探险、考察时，发现了中国这

普尔热瓦尔斯基

一特有羚羊物种，便采集标本，带回俄罗斯，后被命名为普氏原羚。20 世纪初，普氏原羚曾广泛分布于内蒙古、青海、宁夏和甘肃等地区。随着生态环境的恶化和人为因素，这一珍贵物种，后来仅存于青海湖周边地区。1996 年和 1998 年先后被国际自然保护联盟（IUCN）红皮书列为极危级（CR）动物，1999 年中国的濒危兽类红皮书中将其列为极危级动物。所有资料，均没有这一物种的图片，在《青海经济动物志》仅有一张手工绘制的图片。所以，外界对普氏原羚了解甚少，有关普氏原羚的资料，特别是图片资料还是空白。由此，我便产生了拍摄普氏原羚的强烈愿望，不停地在青海湖边的牧民中打听、询问，一直在寻找拍摄这种羚羊的机会。

2. 蓦然相遇

孔祥瑞 摄

野生动物一般行动敏捷，远离人类，要拍到它、拍好它，对于我这个既没有大块时间，又没有代步工具的业余爱好者来说是十分困难的，但这并没有阻止我拍摄野生动物的脚步。多年来，我手中的镜头一直聚焦于青海湖、三江源、可可西里的野生动物，并为此付出了不少艰辛。

1997 年 11 月下旬，我与青海湖自然保护区管理局的荣国成冒着严寒一同到布哈河口拍天鹅。汽车行进中，几个黄点从车前面飞驰而过，“普氏原羚！”荣国成兴奋地喊道。随着他的手指望去，7 只褐黄色动物排成一线跳跃狂奔，屁股上的一团白色在枯黄的草原上分外醒目，犹如盛开的白莲花。直到一年后我才知道，那团白色就是普氏原羚受到惊吓时屁股上乍起的白毛，意在向同伴示警。我盯着普氏原羚，眼睛都不敢眨，急忙举起相机，迅速将 70 ~ 300 毫米的变焦镜头推至 300 毫米一端，跟踪拍摄。将普氏原羚那美丽身影定格在胶片上。激动中，我奔跑包抄，试图靠近，在零下 25 摄氏度的低温下，汗水湿透了内衣竟浑然不觉。拍摄后回到车里，我才感到有些气喘、脊背发凉。回去胶卷冲出来后，兴奋地看到了普氏原羚跃然胶片之上。由于小精灵奔跑速度极快，加之我使用的镜头太短，图像较小且清晰度不高，但毕竟拍到了它！一张看似偶然，实则内心早已定焦的“普氏原羚”终于“定格”在我的胶片上，成了中国的第一张，世界的第一张。这张照片，在后来的岁月中，不断被各种媒体报道。

在随后的几年中，我边拍摄青海湖的野生鸟类，边关注寻觅普氏原羚。有时偶尔见到，但我的 300 毫米的镜头对远在几百米以外的羚羊无能为力，因而一次也没按动快

门。我既为拍不到普氏原羚的照片而懊恼，又为这个种群变得如此稀少而叹息。于是，我从更基础的工作做起，加紧收集普氏原羚的资料，了解其活动规律。我在与人们的交谈中发现，除业内人士外，很少有人知道“普氏原羚”这个名字，更不知道它是仅生存于青海湖周边地区的珍稀动物。所以，心里百感交集，心情极为沉重。拍摄的失败和挫折没有打消我继续拍摄羚羊的劲头，反而激起我更强烈的拍摄欲望。越是稀少的东西越珍贵，越是珍贵的东西越需要保护。于是，我下定决心，要拍到普氏原羚的清晰照片,用更多拍到的第一手资料,让更多的人了解这个物种，向社会呼吁保护这一可怜的动物，一种强烈的责任感油然

生起。

“一个好汉三个帮”，一个人的力量是有限的，得要有同盟者。2002 年 12 月，被大雪覆盖的隆冬季节，我和时任青海湖自然保护区管理局的张局长、摄影爱好者邢合顺商量之后，开始了对普氏原羚的系统考察和拍摄活动。

一个周六的早上，我们一起乘坐一辆北京吉普向青海湖驶去。车上，我们边吃着干粮，边研究行动方案。公路一路畅通，100 多公里的路我们走了不到 2 个小时。将近 10 点的时候，我们到达了位于青海湖东的普氏原羚栖息地。

远远看去，一道一道的网围栏排列在这片邻湖荒地里。从新修的环湖公路边，我们的车好不容易找了个地方拐进了滩地。崎岖不平的地面上，北京吉普像海里的一叶小舟上下翻腾，在颠簸的车里，我们两眼大睁，搜寻着普氏原羚的影子。

驶入 2 公里远，坐在副驾驶位置的张局长首先发现了前面的一群羚羊。顺着他指的方向，800 多米以外 7 只羚羊出现在我的视线里。这时，它们也发现了我们，开始向沙漠地带走去。可能是因为距离还远，没有感到太大威胁，此时的它们仍然不失从容。

我们下了车，提着相机快速向普氏原羚靠近。刚移动不足百米，普氏原羚已经从疾走变成了奔跑，很快离我们

远去。我无奈地按下了快门，在我的 300 毫米的镜头里，普氏原羚只是芝麻大的一个小点。

我们继续在草地里搜寻，希望还能看到成群的普氏原羚，哪怕一两只也好。可是直到太阳西去，天色渐渐地黑了下去，也没有再见到一只羚羊。夜色里，车载着垂头丧气的我们驶向鸟岛。第二天，我们计划考察拍摄鸟岛附近的普氏原羚种群。

凌晨 5 点，我们起了床，爬上了汽车，天上还是满天星斗。我蜷坐在车里，任凭汽车滑向夜色陌陌的沙海。在沙漠深处的晨曦中，我们又一次看到了它们。这里的普氏原羚比湖东的更加敏感，我们见到的都是快似闪电的身影。

一天之中，我们多次和它们碰面，却没有一次可以靠近它们的机会。虽然我们耗尽体力，在循环往复的接近—拍摄—脱离—追踪中拍下了一个又一个镜头，但是由于距离均在四五百米以外，镜头中的影像还是太小、太小。

3. 蹲坑守候

我们深切地体会到，面对机警敏感的普氏原羚，如不采取特别措施，想拍到清晰的照片几乎不可能。怎样才能拍到清晰的羚羊照片？“蹲坑！”回来以后，我们总结了多次拍摄的经验教训，感到只有这样，才有可能拍到理想的普氏原羚照片。

蹲坑的艰苦，可以想象，尤其是在这个海拔 3200 多米地区的隆冬。我心里也曾闪过一丝犹豫，也不想主动去受这份罪；但作为一名在青海高原服役多年的老兵，对于

缪伯泰　摄

天寒地冻、爬冰卧雪的滋味一点儿也不陌生。

各种困难摆在面前，而我选择了继续拍摄。不为别的，就为胸中炽如火焰的责任感，就为内心深处急切的呼唤，还有性格中“不到长城非好汉”的执着和倔强，这些是我在摄影和生态环保路上坚定走下去的动力和源泉。

已经是临近年关了，又是一个周末，又是一个急匆匆的中午，又是同一辆北京吉普，我们一行又来到了青海湖东。

观察完地形，我们在一段长约 1 公里的沙丘地段，选择了几个蹲坑点。大家分头行动，挖坑培土，又找来一些树枝杂草进行伪装。经过 3 个多小时的忙活儿，大家将各自的埋伏点收拾得像模像样。临近天黑时，我们返回了临时驿站——湖东种羊场。

第二天，早上 6 点，北京吉普载着我们到达了目的地，大家从车里出来，往设伏点走去。我们一行三人扛着一大堆器材在荒野、沙丘上行走，犹如扛着“枪械、弹药”。呵，简直是一次“军事行动”！我颇为兴奋，离开军队七八年，这种感觉久违了。

走了近 1 公里，背负两个摄影包、一个三脚架约 15 公斤的器材，我感到它们变得愈发沉重起来，汗水渗透了内衣，腿像灌了铅似的，我一边大口地喘着粗气，一边非常吃力地走着。走了两公里左右,终于到达了目的地。此时，东边的天空已开始泛白。大家按照前日的布置，找到各自隐蔽点分头埋伏，等待着日出东方的时刻。

天，渐渐地亮了，在我们前方约 1 公里的开阔地上（几年后我才知道，这里是普氏原羚的一个求偶场），普氏原羚逐渐汇聚。1 只、2 只、3 只……，我默默地数着，一直数到了 22 只。

哇，这是我拍摄以来见过的最大的一群普氏原羚了，看来“蹲坑”真的是收获不小。随着霞光越来越亮，太阳升了起来。橘红色的光线照在眼前的黄草、黄沙、黄羊身上，照在远处朦胧的青海湖上，照在天际遥远的蓝天白云上，那种绮丽壮美的景象，使我忘记了劳累与寒冷。真想象不到，在这种天寒地冻、大地萧瑟的时刻，竟然有如此壮美的风光。

普氏原羚一边吃着草，一边向我们靠近，一个多小时后，已经靠近了我们好多。它们优美的身影越发清晰可见。一时间，我兴奋得忘乎所以，“呼”地站了起来，拿起相机一阵狂拍。

五六百米处的普氏原羚们似乎发现了我。由于距离尚远，它们没有惊慌散去，但已经调转方向，一步步离我们远去。

看着镜头里的羚羊越来越小，我怅然地扛着相机手足无措……

我们又在各自蹲坑的地方，等啊，等啊，隔着伪装的树枝，我看到普氏原羚又开始往我们埋伏的方向走来。

我的相机面对逐渐靠过来的普氏原羚，拍下了一个个镜头，只是由于它们还在四五百米之外，拍下的影像还是太小、太小。

羚羊啊，你们能不能近些、再近些……，我心里暗自祷告。普氏原羚继续向我们靠近，我的心开始剧烈地跳动，如果能在百米之内，拍下的照片就会非常精彩，就可以满足我们的需要。我的相机瞄着它们，反复地调焦，眼睛一眨不眨地看着取景器，随时准备按动快门。

突然，离我们还有 100 余米的羚羊狂奔起来，从我和小邢之间的一条沙梁底下迅速逃匿。我还来不及反应，它们已经跑得无影无踪，又是一次无功而返。

4. 成了“沙人”

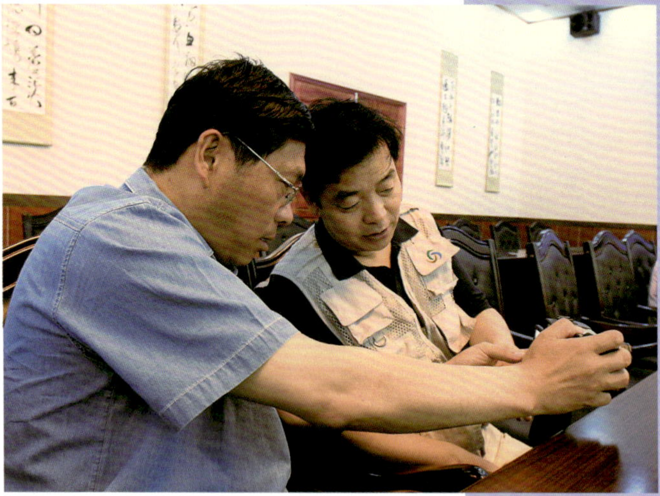

邢合顺　摄

普氏原羚的拍摄，离不开张德海的支持和帮助。他是继郑杰、李若凡后，我认识的第三位青海湖国家级自然保护区管理局的局长。记得在一个周六的上午，我到青海湖鸟岛找到他，告诉他我是来拍照片的，是李若凡局长介绍来的。他看了我一眼，“噢，拍照片，必须把图片拷贝给我们一套！”他公事公办地说。在后来的时间里，他看我一次又一次往返560公里来青海湖鸟岛，痴迷拍摄宣传青海湖的鸟类，对我产生了好感，并在我的影响下，拿起了相机，拍摄他工作范围内鸟的生活状态和保护情况。他聪慧好学，短时间内就拍出了漂亮的斑头雁、鸬鹚等青海湖鸟类图片。他主编印制的青海湖国家级自然保护区管理局宣传册，就有我和他拍摄的图片。后来，我向已经担任青海省林业厅副厅长的郑杰（主管青海湖保护区管理局）建议，给他们添置了一套高级摄影、摄像器材，一下子让他如虎添翼，拍出了诸多优秀作品。至今，他还说是我把他拉上了摄影的“贼船”。

青海湖国家级自然保护区管理局所在的青海湖鸟岛，海拔3300米，离西宁市280公里，条件艰苦，设施落后。张德海到任后，带领大家艰苦创业，努力奋斗，相继建立了专家流动站，设立了气象观测点，植了树木，开始了青海湖巡湖观察……

我敬佩他对工作的认真负责态度和敬业精神，他也欣赏我的执着和热情，我们俩的友谊日益加深。那段时间，但凡节假日，我都着魔似的到青海湖拍片，与管理局的员工一块巡湖、一起拍片，我还被青海湖国家级自然保护区管理局聘请为专家流动站专家。有了管理局的支持，我对

拍片更是锲而不舍，也拍出了一些有质量的图片。

一天，我与青海湖自然保护区的张德海局长等人一起考察普氏原羚，作为巡湖车的北京吉普载着我们驶向鸟岛北侧的沙漠，车行走在沙地上，忽上忽下，颠簸不停。尽管如此，大家还是兴致勃勃地密切注视着周围，希望能近距离看到普氏原羚。

突然，吉普车翻越一个沙梁时，怎么也走不动了。司机小张不断地加大油门，平时力量很大的吉普车，这时就像负重的老牛，不停地喘着粗气，却行动不了半步。“我们推！”随着张局长的话音，大家立即下车，推的推，拉的拉，费了九牛二虎之力，吉普车不仅不动，反而下陷了十几厘米。“那就挖！”于是，我们几人一边轮换着挖，一边垫纸板。忙活了一阵儿，大家个个满头大汗，该死的越野车不仅不领情，反而又下陷了几分。看着太阳渐渐西沉，我们只得打电话求援。好在这里离管理局不算太远，1个小时后，管理局的曹奎开着拖拉机带着木板赶来救援。大家七手八脚地拴绳子、垫木板，在拖拉机的拉拽和大家的推搡下，吉普车缓缓挪动，1厘米、2厘米……车子终于离开了沙梁。这时，相互看看，每个人的脸上都粘满了沙子，成了“沙人”，

汗水流过的地方，犁出几道小渠。嘴里、鼻子里、耳朵里，还有鞋子里、口袋里，到处都是沙子。

晚上，大家围着火炉讨论当天的得失。大家除了相互提醒注意隐蔽之外，一致认为：要让普氏原羚察觉不到大家，必须充分设好埋伏，并且不能在羚羊可以见到的开阔地通过，须绕道沙梁后面；否则，尽管天黑我们看不见普氏原羚，但它们极为敏锐的视觉却很容易发现我们。

我们商讨一致后，就分头睡去。此刻，外面的风吹得更大了，漏风的屋子里，窗帘被风吹得摇来晃去。我龟缩在薄薄的被子里，冷得浑身发抖，一会儿想着自然保护区的职工常年坚守此地的艰难，一会儿又想着明天怎样隐蔽自己、拍到好片……直到午夜时分，才迷迷糊糊睡去。

5. 拍到靓照

寒夜虽长，也有尽时。凌晨 5 点，我们钻进汽车，找到了一点儿温暖。不到 6 点，我们到达了目的地。在高海拔的青海湖畔，我们喘着气走走停停，在这刺骨严寒的冬夜，全身都出了汗。被浸湿的内衣紧贴在皮肤上，身体不停地颤抖。这段 2 公里的路,我们竟用了 1 个多小时才走完。到达设伏地点，大家分头隐蔽，又一次蹲坑拍摄开始了。

架好相机，我趴在地上感觉了一下，还好，既隐蔽，又视野开阔。吸取昨天的教训，我干脆抱着相机趴在坑里，等着天亮。这样既不太受罪，也不会惊扰远处的普氏原羚。西北风呼呼地刮着，使我无法坐下或躺着，因为一蹲下来，大风就在身边形成一个旋涡，把地上的沙子卷起，搞得沙浴全身，相机更受不了。

我闭着眼,缩着脖子揣着手,一任风吹我的背部。此时,还是狼群出没的时候，我不敢有丝毫的大意，支着耳朵听着周围的动静。

天上的星星眨着眼睛迟迟不肯离去，时间在这时感觉过得非常缓慢。我默默地数着数，打发这漫长的时间，分散着寒冷的感觉，一遍又一遍地从 1 数到 100……

终于盼到了黎明。远处，普氏原羚“咕咕、咕咕”的求偶声断断续续。我们在等待着太阳升起，等待羚羊离我们更近一些。

太阳，冉冉升起，透过东方的薄云，红彤彤地来到了这个世界上。虽然依旧是那么寒冷，但我的心底也开始升起了暖洋洋的感觉。是啊，越是寒冷的时候，越是能感受到太阳的温暖；越是在饥寒交迫之中，越能感受到生命的可贵。

远远地，普氏原羚群又在昨天出现的那片开阔地上集中起来，边吃草边向我们蹲坑的地方靠近。比起昨天，我变得小心翼翼，趴在地下一动也不敢动，生怕发出一点动静惊扰了它们的活动。

看来，今天我们的行动会大获丰收了，我激动地想道。

然而，就在此时，一片乌云从西边快速飞到了我们的头顶，并迅速布满了整个天空，接着，天上飞舞起了细细的雪花。几分钟之后，雪花开始变大、变多，飘落漫山遍野，飘雪的天气，也让冷风更为肆虐。天地之间，一派苍茫混沌的景象。

此时，拍摄已经完全不能进行，昂贵的相机暴露在雪里，让我非常心疼，那可是我省吃俭用才拥有的武器啊！我匍匐着走到沟里站起身来，拉开羽绒服，将它放在怀里。这时，我的手已经冻得没有办法再拉上羽绒服的链子了，只好蜷曲着身子，任凭风雪无情地吹打。

一阵紧过一阵的风雪很快将我塑成了一个“雪人”。

突然，细碎的脚步声传了过来。我敏锐地意识到附近

有普氏原羚的存在，我摇晃了一下麻木的脑袋，睁大眼睛四处张望。

眼前十几米处，一只母羚羊赫然站在我的面前。风雪

之中，连它都失去了应有的警惕，居然没有发现我的存在。我哆嗦着手从怀里掏出相机，取景器里普氏原羚已经满框。可是，自动对焦的尼康高科技相机在冰天雪地中丧失了功

能，300 毫米的长焦镜头不停地转动，就是无法锁定焦点。

20 秒的时间，普氏原羚离我是那么近，似乎一伸手，就可以把它抓住。但是，可恶的飞雪却使我的相机无法留下它的身影。直到普氏原羚发现我扬长而去，手里的镜头还在不停地“吱吱”转动，没有成功完成一次合焦，自然也就没有拍下一张照片。

我拖着像灌了铅一样的双腿，挣扎着回到北京吉普旁边，司机小张扶我钻进了车里。车里的暖气开到了最大，暖洋洋的，让我感到进入了天堂一般。再看看自己的尼康相机，取景框上，呼出的气凝成了一团薄冰。

远处又出现了一只普氏原羚。天气已经见晴，风也小了许多。白茫茫的雪地上这只褐黄色的羚羊分外醒目。北京吉普静静地停着，我像打了兴奋剂一般，抓起相机，一骨碌跳到地下，迅速卧倒在一个小山岗上。

羚羊在荒野上徘徊。这是一只孤独衰老、丧失求偶竞争力的雄羚羊。它不停地叫着,发出一声一声的哀鸣。也许，是发情期的冲动使它忘记了面临的威胁；也许，它由于年迈体弱，已经对自己的生命不再珍惜。总之，它并没有对我们产生应有的警惕，走得离我们越来越近。

近了，近了，更近了……在这只普氏原羚发现我们，扭头离去的一刹那，我按下了快门。一张从未有过的普氏原羚清晰身影，被我的镜头定格在了富士胶片上。

奇怪的是，按下快门的瞬间，我并没有拍摄收获的喜悦，反而感到如同扣响了扳机，射出了击向普氏原羚胸膛的子弹。那清脆的快门声，似乎比枪声更加响亮，这种感觉总是萦绕在我的脑海里，使我的心不能平静……为何如此？激动过后回到了现实：普氏原羚在如此严酷的条件下生存，数量日渐稀少，一个濒临灭绝的物种，有多少人能看到它们的足迹？有多少人会听到它们的哀鸣？又有多少人关心它们的未来？

随着拍摄的延续，我不止一次看到挂死在网围栏上和

被狼吃掉的普氏原羚残骸，不止一次感到普氏原羚的生存环境实在堪忧，这种本来少之又少的物种正面临着消亡的危险。

人们在拍摄野生动物时，总是把它们最美好的一面展示给大家，因为摄影是艺术。但我从环保的角度来看，要保护普氏原羚，就要尽可能拍摄普氏原羚的生命全过程，这是一种生命的呈现。特别是惨死的羚羊遗骸等，更能引起人们的注意和共鸣。在拍摄普氏原羚过程中，我听当地牧民讲，近几年狼害严重，时常可以见到被狼残害的普氏原羚尸体，为了拍摄到被狼残害的普氏原羚尸体照片，留下影像资料，向社会呼吁，我多次寻觅，但也只拍到了一些残肢碎骨……

2004年元月的一个星期五下午，当接到芦平“我们这儿发现了一具被狼咬死的普氏原羚”的电话后，我非常着急，立即打电话给我认识的出租车司机小祖，约他送我去青海湖。第二天凌晨4点，我们披着满天星斗从西宁出发了。天未亮，在青海湖东部的北沙梁，我看到了羚羊尸体。那是一只雄羚羊，被狼撕咬得血肉模糊，30米范围内片片血迹已经干涸，四周一片狼藉。从普氏原羚的前蹄甲上粘有的土屑沙粒和尸体前面两道深沟上，可以想象出它垂死挣扎时的惨状，尤其那一双仰望苍穹的血眼，似乎在发出“死不瞑目”的信息！让我心里一阵抽搐。看到周围牧民为保护草场而设置的网围栏，我顿时醒悟，正是它们减缓了普

氏原羚这一时速可达70公里长跑冠军的速度。由此，我感到，在野狼残害的背后，有着绝对不可忽视的人为因素。那天，我虽然拍摄了普氏原羚的珍贵资料，却高兴不起来，心情反而越来越沉重，开始思考怎样才能减少人为因素对普氏原羚的伤害。

在之后的时间里，我又先后4次以一天300元、两天500元的价格雇小祖的车到青海湖附近拍摄普氏原羚残骸，为呼吁保护这个物种做影像资料准备。

小祖是个富有爱心的青年，为人热情，服务意识强。我是在一次乘他的出租车时认识的，后来，他在等人时，见我扛着重物走过，连忙下车帮忙，从此便成了朋友。有时他还推掉别的出车活送我去拍片，并替我背包拿三脚架。他曾7次送我去青海湖拍摄普氏原羚。

每天几百块钱的交通费，在当时也不是个小的数目，当我妻子偶尔说道时，我便以“我这人不抽烟、不喝酒，不打麻将，不跳舞”，“就当我抽烟喝酒了”来辩护。

2004年元月的一天，我又一次来到了青海湖东的普氏原羚栖息地。

凌晨5点，我就埋伏在了草原与沙漠结合部的灌木丛中。由于青海经度靠西，冬季要等到八点半左右才能出太阳，我要在这里潜伏3个小时后，才有可能见到普氏原羚。

环顾四周，静悄悄的，东方山峦的轮廓清晰可见，西面隐隐约约可以看到青海湖反光的湖面。远处漆黑一片，近处沙丘上一片片的灌木形成各种恐怖的黑影。想想这方圆 3 公里内只有我一个人，心中有点发毛。“没事的，没事的”，我不停地安慰自己，渐渐进入了梦乡。

突然，传来的一阵“嗥、嗥”声，把我从梦中惊醒。啊！“狼嚎！”我心中一紧。我反应过来，潜伏地点正是野狼出没的地方。不久前，就在附近发现过 3 只被狼吃剩的羚羊残骸。我不由得攥紧了三脚架，迅速思考着应对的办法。“撤离？”“不行！”背着沉重的器材在沙丘上行走，速度慢、目标大。“求援？”“不行！”这里离最近的牧民家也有 3 公里，又是手机信号盲区。“怎么办？！”“怎么

办？！”我头上冒出了冷汗。“胆小鬼！亏你还是个男子汉，又当过兵。”无计可施时，我反而镇定下来，不禁嘲笑起自己，并开始迅速思考着如何应对：如果野狼靠近我，就用闪光灯闪花它的眼睛；如果野狼扑向我，就用三脚架击打它。想到这里，我心中一阵得意，就像野狼真被我打跑了一样。

猛然间，我看到一个黑点，其后又有 5 个黑点向我迅速移动。啊！狼群！草原上人说“熊怕孤，狼怕群”，群狼的攻击力是很强的，我的心猛地一沉，趴在地上，一动也

不敢动，全神贯注地注视着渐渐靠近的黑点。近了，更近了，在距我 100 米时，我才看清前面的黑点是一只雄性羚羊，紧随其后的是 5 只饿狼。刚才那阵阵嚎叫，是野狼发现猎物呼唤同伴的信号。我两眼直勾勾地看着它们，多么想拍下这惊心动魄的一幕啊。然而，担心听觉灵敏的野狼会顺着相机“吱吱”的对焦声向我扑来，以及感光 100 度的胶片在昏暗的夜色中难以留下图像的基本常识，使我始终没有端起相机。我屏住呼吸，心提到了嗓子眼儿，眼看

着狼群紧追着普氏原羚从距我所在沙丘30余米的地方窜过。那普氏原羚惊恐奔跑的神态，野狼龇牙咧嘴的模样，永远刻在了我的脑海。

当四周恢复了平静，我才感到脊背一阵发凉。原来，紧张中冷汗早已湿了我的内衣。事后，有人问我，“如果野狼真的吃你，你怎么办？”我笑着回答，当它们扑向我的时候，“咔嚓！一张照片，作品肯定获奖！”

当我在演讲时讲述和微博上写下这个惊险经历后，网络上有人写道“狼都不吃的葛玉修”。哈哈，我哪有那么幸运！实际情况是，狼的注意力都在那只羊上，而且，风是从狼的方向往我这边刮，狼没有发现我而已。如果看见了我，当它们会认为，这家伙既比羊肥，又没羚羊跑得快时，我就没机会与大家谈笑风生了！

6. 拍摄心得

只有用照片忠实记录野生动物在自然环境中的千姿百态，才能让人们更好地了解它们的生存现状，用野生动物的美来唤起人们的环保意识。绝对不能像个别人那样，为拍摄野生动物“极富冲击力”的视觉效果，采用驾车穷追猛赶。为了拍出富有动感的照片,不惜以动物的生命为代价。在原本缺氧的高原，长时间用车追拍野生动物，会造成动物因过度疲劳毙命。即使拍到了有震撼效果的镜头，但仔细观察就会发现，野生动物会有惊恐不安的眼神……

我认为，野生动物摄影者首先应该是环保主义者，被拍摄者是真正的主人，拍摄者是入侵者。拍摄野生动物，就要尊重它，爱护它，不惊扰它。在这个前提之下，还要了解它、熟悉它。掌握它们的活动规律，才能拍好它。在实际拍摄中，我基本上采取“步行跟踪、蹲坑潜伏、加强伪装”的方法。

为了拍好普氏原羚，多年来，我一遍又一遍地请教研究羚羊的专家，造访当地牧民，利用大量时间观察它们的生活习性，动物虽不能与人相比，但也有喜怒哀乐，表情

也千变万化、丰富多彩。通过普氏原羚的神态变化，基本可预知它的下一步行动。

拍摄普氏原羚等野生动物还要具备足够的耐心和韧性，除了熟悉动物的习性，还要有超长焦镜头，熟练而又准确的目光判断，以及利用光影、美学构图等，外加一个好运气。野生动物不像模特那样听你指挥，也不像商店橱窗里的样品摆设好了让你拍摄，有时你去十次，也许有九次不理想，即使遇到了理想位置，也不一定赶上理想光线。但要想诸多因素都齐备，只有在摄影棚、工作室，否则，不等于摆布大自然了吗？

野生动物摄影真的是可遇而不可求。有两次，我与几个影友凌晨 4 点出发到青海湖畔拍普氏原羚，却没有见到它们的任何踪影。有时，甚至连相机都没掏出来便打道回府了。也有时，野生动物离得近，姿态也优美，由于没有理想的光线,不是无功而返,就是拍出的动物影像平淡无奇。看似一张简单的照片，简单到按下千分之一秒的快门就很快完成的事，其背后付出的是孤独的坚持、不断的自我交流和不愿多说的艰难。

野生动物拍摄的艰辛和危险是生态摄影人面临的严峻课题。野生动物往往生活在人迹罕至的环境中，要找到它本就是一件很不容易的事，何况青海高原高寒缺氧，环境恶劣，加之大型野生动物常常会攻击人类，稍不注意就有生命危险。世界最著名的生态摄影师星野道夫就惨死于棕熊的袭击，青海玉树也发生过因拍摄棕熊而被袭击的惨剧。

即便是这样，也没有阻止我一次又一次到青海湖拍摄普氏原羚的劲头，就算什么也没拍到，远远地看野生动物的奔跑，看看青海湖的自然风光，也令我心旷神怡。如果有一段时间没能去，就感到百爪挠心，坐卧不宁，好像与青海湖、与野生动物、与普氏原羚有个约定似的。在别人看来，我是长年“泡”在青海湖里；在我看来，青海湖的美丽及拍摄野生动物的魅力是无法用语言表达的。 我认为身心合一，才能产生坚强的意志，走向荒野，更是走向自己的内心世界。有时候腿走不动了，心在说，你还要走，于是继续走下去、拍下去……

就是这样，以一种摄影人的追求，一个环保人士的执着，多年奔波地反复拍摄。功夫不负有心人，我拍到了普氏原羚的多姿多彩。不仅拍到了普氏原羚的个体、种群，而且拍到了它们的嬉戏、打斗、求偶、交配，甚至拍到了跳跃的瞬间和难得的直立图像。我始终遵循着在自然状态下拍摄野生动物的理念，仔细观察，耐心捕捉。所以，这些用镜头定格的普氏原羚的美好瞬间，大都能呈现得怡然自得、栩栩如生，把不易被人观察到的细微表情突出地表现出来，给人以视觉上更强的冲击力和感染力。

这其中，当我拍到普氏原羚的特写，头上张扬着漂亮的雄性相向对弯犄角，美丽的大眼睛萌萌地凝视着我，似乎在告诉我，我是人类的朋友。眼泪模糊了我的双眼，现实生活当中，人们常用“美哭了”来形容美好的事物。那一刻，我真感到“美哭了”！后来，这张普氏原羚的特写照片，印成图片，跟随我走南闯北，成为青海名片。我在这张名片背面写上了我的感悟：“动物用简单、纯净的生命温暖慰藉着

人类的心灵，请您善待它们！”这就是我要告诉大家的“拍摄心得”。随着这张青海名片在我全国各地的一次次演讲中的分发，我把我的摄影作品和环保理念也传递了出去……

是的，摄影的背后，经历的是磨炼，收获的是喜悦，得到更多的是精神的升华。

20多年过去了，时至今日，当我背着“长枪短炮”去拍野生动物的时候，感觉自己不再是一个野生动物摄影师，而是一个野生动物的欣赏者、沟通者、保护者，“长枪短炮”只是我与野生动物沟通的桥梁和工具。

护羚之路

从拍到第一张普氏原羚这一极濒危动物的照片起，就使我魂牵梦绕，为羚痴迷。普氏原羚因稀少而珍贵，因珍贵而需保护，因保护而使我愈挫弥坚。在漫漫护羚之路途中，我为羚潜心研究，为羚爬冰卧雪，为羚奋笔疾书，为羚呐喊代言，为羚奔走呼号，不知疲倦。终于得到政府和社会各界的关注和支持，这个物种被保护了下来并增长了近10倍。所有的努力和付出都是值得的，这是我人生道路中最正确的选择之一。

1. 踏上环保之路

拍到了普氏原羚的大头照，使我对它更加上心、更加关注，于是开始深入研究这个物种。其实，我从见什么拍什么到专门拍摄野生动物，是从关注青海湖野生鸟类开始的，也是因鸟儿才走上了环保之路。其中，斑头雁给我的牵挂最多，感悟和影响最深。

1995 年，我第一次踏上青海湖鸟岛，就被万鸟齐鸣的

场景所震撼，这是一个鸟的天堂，天上飞的、地上卧的都是鸟。但是，鸟儿，觉得我是个侵入者，飞腾起来，遮天蔽日，向我呼啸而至，看我不走，就用“弹雨”（鸟粪）攻击我，以至于我的帽子、衣服上，甚至相机上都是鸟粪。从这一刻起，我看到鸟儿们团结起来的巨大力量，我就开始喜欢上鸟儿，从此也开始拍上鸟儿，我觉得鸟儿就是空中的花朵。在艰辛危险中拍摄，更多的是一种美好的享受：听鸟儿歌唱，看动物跳舞，听湖水拍岸，闻青草芳香，感天高地阔，为大自然对人类的馈赠心生感激……

拍摄中，逐渐地识鸟、知鸟。观察中看到，鸟儿像人

孟　涛　摄

一样富有感情：斑头雁重情，一旦丧偶，再不婚嫁；鱼鸥护雏，撕下腹毛垫窝育雏，每遇暴风雨，将雏鸟藏护在腹下；丧偶的孤雁，一声声哀鸣，痛彻心扉……拍摄中的我，窥见到了鸟儿的情感世界。

一次，我们在鸟岛三块石处拍摄时，发现鱼鸥“领地”中 7 只雏雁正被鱼鸥追赶，便立即将它们解救出来，腾出装食品的纸箱，让小雁安家，细心喂养照料。小雁极通人性，两天后就和我们混熟了，一见我们就“啾啾”地叫个不停。我走到哪里，它们便跟到哪里。6 天后，当我离岛时，将它们送回 150 米外的雁群。三次送别，三次跟随，小雁迈着寸把长的小腿，从百米以外跌跌撞撞地追到水里，向我们游来。船儿离岸很远了，小雁变得越来越小，我从望远镜中看见两只小雁站在礁石上向我们眺望，此情此景，难以忘怀……雏雁触动了我心中最柔软的部分，深深地影响着我对生命的感知：生命是平等的！尊重！保护！这些理念在我心里一遍一遍重复着。“雏雁情”成为我踏上环保之路的起点。

拍鸟——爱鸟——护鸟，在拍摄中，无数次的欣喜和感动，使我心灵得到净化。在人与自然和谐相处的感悟中，从一个旁观者、欣赏者变成了一个参与者、守护者。

1997 年， 当我拍到了普氏原羚照片，得知这是中国第一张、世界第一张普氏原羚的照片时，我兴奋了很长时间。兴奋过后是沉思，对大自然的热爱，对野生动物的喜欢，让我迫切想拍到普氏原羚更清晰的第一手资料。在持续的拍摄中，我发现这个物种极其稀少，经过调查了解，这个在 20 世纪 60 年代救过青海人命的黄羊（普氏原羚），数量锐减，后来又是畜牧超载，使得它们生存空间越来越狭小，濒临灭绝。

我下定决心要拍到它，保护它，挽救它。在我的镜头里，虽然同样是拍摄，但是，不再是单纯为了拍摄而拍摄，更多了一种庄严的使命感。寻觅拍摄普氏原羚过程中，也把被网围栏隔阻、挂死及车辆撞死的普氏原羚，以及它们严酷的生存环境收入镜头，我希望通过自己更多的第一手资料，唤起大家对这种比大熊猫还濒危的可爱生灵的关注。从此，我开始走上了漫漫生态摄影和环保之途。

2002年，我发起并创办了青海省第一个民间生态环保摄影网站——“青海青”，旨在“关注野生动物，维护高原生态”，并曾任“江河源环境保护促进会”常务理事、青海湖国家级自然保护区管理局特邀专家。这些“头衔”，也是为了更好地呼吁保护野生动物，为生态环保出力。

谢思德　摄

我经常会看一些有关生态的书籍，认识到每个物种在生物链中自有其地位和作用。小到昆虫、大到食物链顶端的虎豹豺狼等，都是生物世界里一个完整的相互依存的链条，它们相互依赖而共存亡。人类本身就是从自然界进化而来，也是自然界的一部分，人与自然的关系更是休戚与共。

一位地理学家曾这样说过，“地球并不属于人类，而人类却属于地球”。这句话时刻警示着我们：以什么样的态度去面对我们生活的地球？地球，应该是人与生物圈共同拥有的和谐世界。21 世纪环境问题已经成为人类面临的严峻问题，而且它与我们每个人的生活都密不可分，因为它不分高低贵贱对我们都有影响；保护生物圈，就是保护大自然和人类自己。野生动物作为生物圈的重要组成部分，理应引起大家的重视。而人们对野生动物的认识，大多是从照片和影视中开始的。优秀的照片能给人以美的享受、艺术的陶冶和生命的启迪，唤起人们对野生动物的热爱，进而提升保护野生动物的意识。

高海拔地区的野生动物，它们是恶劣环境下的终极挑战者；他们的存在，维系着青藏高原的生态系统，给寂静的高原带来了勃勃生机和持久活力。拍摄野生动物，给了我观察大千世界、了解自然和记录生态的第 3 只眼睛。我常感叹高原野生动物生命的顽强，欣赏它们的野性之美。拍摄野生动物，让我发现了高原的宏大、苍凉、寂静和多变，发现了野生动物多姿多彩，我发现了以前从未发现的世界，我的视野也因生态摄影而开阔，我的心灵也因为生态摄影而升华。

这些都促使我不断思考人与自然的关系，完成了从热爱自然，到敬畏自然，再到保护自然的思想转变过程。大自然对我的启迪，我对大自然的感悟，促使我将生态摄影、保护环境，由自发的认识阶段迅速走向自觉的实际行动，把拍摄野生动物、宣传保护生态环境作为了自己义不容辞的责任。走在环保路上，我最想做的事情就是用“影像的力量”来保护生态自然。向世人展示普氏原羚这一野生动物，使世人认识这种野生动物，进而关心和保护这种野生动物。

从未想过自己会从一个“摄影爱好者”转变为一个“环保志愿者”，更从未想过自己的生命会为一种濒临灭绝的普氏原羚日日忧心，一旦静下心来就想如何帮助它们拆除夺其生命的草原网围栏，如何保护扩大它们赖以生存和日益恶化的家园。我一直在不停地思考着，奔走着……

2. 深究羚羊

此后，我把一切能够得到的关于普氏原羚的资料，认真阅读，仔细研究，不放过任何一个细节。对普氏原羚有了更清晰的认识和了解。普氏原羚生性机警，行动敏捷，雄性成年羚羊个体重约 27 公斤，雌性成年羚羊个体重约 23 公斤，体长约 1 米。雄羚长有一对具有环棱的黑色硬角，角尖相向内弯，非常对称。嘴唇黑色，颌下白色。夏季中，普氏原羚通体被覆棕红色的毛被，秋末换毛，冬毛为褐黄色，四肢内侧和腹部着白色毛被，其中间为醒目的棕黑色。不足

11 厘米的短尾巴，一旦遇到天敌或受到惊吓，臀部的白毛会竖起外翻，形成硕大的白色心形图案，在绿色和黄色草地的反衬下格外醒目，警示同伴有危险临近。

普氏原羚喜欢集群活动，群体大小从七八只到五六十只不等。它们还和其他许多有蹄类动物一样，雄性和雌性分别聚群。平时，同一性别的个体聚在一起活动。雌羚产羔后，幼羚跟随妈妈、阿姨们一道活动，直至成年。雄羚完成交配后，就与雌羚分开，也不参与哺育幼羚。夏季时，常常看到雄性群和母崽群分开游走。然而，雄性群占据的栖息地的质量一般劣于雌性群占据的栖息地，这样可以避免与后代及雌性的生存空间竞争，给后代以及雌性群体以更好的生存环境。这应该算是雄羚们的“绅士风度”！

普氏原羚约 2 岁左右性成熟。成年雄性和雌性在非繁殖期集群分离。每年 12 月,普氏原羚进入发情季节。这时，雌雄合群,形成较大的繁殖群体。雄羚发出阵阵高昂的咩叫，为争夺交配权常在群内相互驱赶,甚至决斗,先是两只打斗，胜者继续找群中其他个体打斗，直至与群中所有个体打斗。在战胜群中所有个体后，胜利者头部高昂，四肢伸展，一副洋洋得意的样子，似乎在展示自己的英雄风采。

它们的发情交配期为 12 月下旬至来年 1 月上旬，整个发情交配期持续 20 多天。从交配到分娩约 150 余天，每年6月、7月产崽。这期间，普氏原羚雄雌混合的集群瓦解，雌性单独到芨芨草丛或灌木丛等僻静的地方分娩。通常每胎一羔，偶尔也有产两羔的。8月初，大多数分布区的普氏原羚都已经生产完毕。雌羚生产后，身体虚弱，需要就近觅食。羚羔出生后十几分钟即能站立，迅速奔跑，只是跑得不太远，然而，这也是狐狸、猛禽猎杀幼羚的机会。

要拍好普氏原羚，必须更加熟悉普氏原羚。于是，我一次次走访当地牧民，用半生不熟的藏语与他们交谈，以

刘振林　摄

更多地了解普氏原羚的生活习性。随着长期的拍摄观察，寻找机会近距离拍摄，我用镜头看到了更多普氏原羚的生活细节。

普氏原羚奔跑时像离弦的箭，前后肢分别并在一起，

后肢用力后蹬，身体跃入空中，着地时用力后撑，这种跳跃式的奔跑，使羚羊的身体在空中划出一道波浪起伏的曲线，分外优美。在不断拍摄中，我还发现，坐、卧的普氏原羚起身奔跑前，都要先尿尿，以减轻负担。它们奔跑一段后会停下来，向后或危险的方向张望，认为脱离了危险，便会停下来，若仍有危险，则继续奔逃。普氏原羚受惊后虽会逃至远处，但是待危险过后又会回到原来地点，活动区域相对固定。

普氏原羚仅雄性长角，由于雌性多于雄性，它们实行一夫多妻制，雄性羚羊以获得最大量配偶为荣耀；雌性羚羊则以选择到最优势的雄性羚羊而骄傲。为争夺交配权，雄性羚羊常在发情期间发生冲突，冲突一般发生在邻近领地附近。2003 年 11 月，在小泊湖附近，我看到两只相距

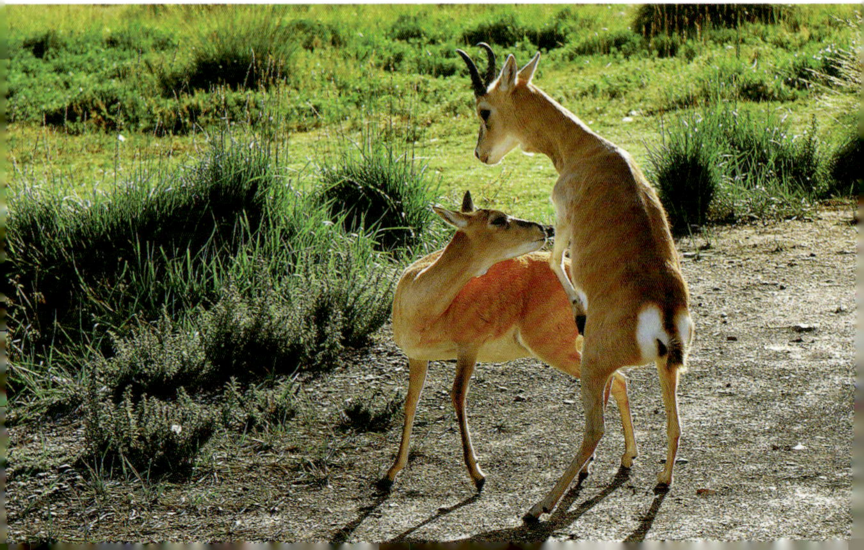

3米左右的雄羚羊，怒目而视，在自己领地内的雄羚羊借助优势，表现出强烈的示威性行为，用角尖触地挂草，头左右摆动，高声吼叫，见对方不予理会，便低头向对方靠近，而后突然猛冲向对方，以角顶击其身体部位；但对方毫不示弱，举角相迎，四角相抵，发出“嘭、嘭”的声响。顶角后，两只羚羊平行直立，相互示威，再次顶角，那只外来的雄羚终抵挡不住攻势，后退几步，猛然逃走。

在青海湖种羊场北部地区，我看见了一只雌羚分娩后，立即用嘴舔去幼崽的胞衣和嘴中的黏液，幼羚“咩”地叫了一声，随即跌跌撞撞地站起来，虽然站不稳当，却跑得挺快。本想拍摄它奔跑的镜头，根本没想到它跑得如此迅速，我着急地喊着“慢点，慢点，小心摔了”，这种站不稳，却跑得快

的状况，让我惊诧了好一阵儿，按动快门，只拍下了它站立的镜头。

2004 年 11 月的一天凌晨，我又一次来到青海湖拍摄普氏原羚。忍饥挨饿走了两个多小时，也没见普氏原羚的踪影，正泄气之时，忽然看到左前方 100 米的洼地里，8 只雌羚悠闲地啃草。我暗自庆幸，弓着身子靠近，准备近距离拍摄，忽然一只雌羚从沙丘方向朝这群羚羊奔来，我便停下脚步，发现羚群中一只体态较大的雌羚迎它而去。这时，外来的这只羚羊放慢了脚步，一点点靠近，迎去的羚羊怒目而视，似乎在威胁其离开，看来者毫不理会，便直立起身子用前肢扑打。来者亦不示弱，起身相迎，相互用前肢扑打。看到这里，我兴奋得差点喊出声来，连续按动了快门。两只羚羊先后扑打 4 次，约 6 分钟左右，来羚似乎有些胆怯，低声叫着快快而去。它俩扑打时，群羚中的其他雌羚却安心采食，并未理会。这次湖东之行，我不仅看到而且拍摄到了雌羚扑打的精彩景象，使我连续兴奋了好几天。

雄性普氏原羚螺纹状尖角以优美的弧度朝向天空，黑润润的大眼睛温和地注视四周，耳朵警惕地竖起来，以随时准备奔跑跳跃的姿态躲避天敌的追踪……

发情雄羚羊看见雌羚后，便碎步移动，走走停停地靠近，以后肢支撑身体站立，向雌羚示爱。若雌羚并未发情或已经成功交配，便会逃离或在原地转圈，躲避雄羚的纠缠。发情的雌羚见到自己中意的雄羚会主动靠近，在雄羚身边叉开后腿站立，一边不停地摇动尾巴，吸引雄羚的注意。我曾多次看到雄羚追逐雌羚和雌羚向雄羚示爱的场景，还幸运地抓拍到了普氏原羚交配的镜头。

向牧民请教、询问，靠自己游走沙漠、草原摸索还觉不够，我还找到普氏原羚研究方面的专家进行请教，使自己有更深入更科学的认识。

我通过各种渠道了解到：中国科学院动物研究所首席研究员蒋志刚教授、中国林科院李迪强博士是研究普氏原羚方面的专家后，便千方百计与他们取得了联系。

蒋志刚是加拿大埃尔伯塔大学博士，中国科学院动物

研究所野生动物与行为生态研究组组长、博士生导师。他的研究领域为濒危物种保护。1997 年，他曾牵头出版了国内首部《保护生物学》。他还著有《保护生物学原理》《中国哺乳动物多样性与地理分布》《动物行为学方法》等多部著作，在国内外发表论文 300 余篇。他的研究团队出版了普氏原羚专著，填补了中国特有动物普氏原羚研究的空白，为国家启动普氏原羚保护工程提供了科学依据。他还为 IUCN 物种存活委员会制定了《羚羊保护行动计划》，撰写了中国羚羊保护行动计划。

李迪强，中国林业科学研究院森林生态环境与保护研究所研究员，自然保护地与生物多样性学科首席专家、自

然保护研究室主任，国家林业和草原局生物多样性保护重点实验室主任，国家林业和草原局生物多样性保护创新联盟主任。先后主持国家科技支撑项目、973 项目、国家自然科学基金等项目和原国家林业局、环保部项目多项，负责了 20 多个自然保护区的调查、规划等项目。发表论文 180 多篇，主持或参加专著编写 24 部。

他们渊博的知识和对普氏原羚的关注令我敬佩不已。于是，我利用到北京出差的机会 3 次到中科院看望、请教蒋志刚研究员，5 次到中国林科院请教李迪强研究员。出乎意料的是，他们没有一点架子，非常和善可亲。他们热情地接待我，挤时间与我交流，并鼓励我，称赞我拍的普氏原羚照片，还送我书籍。他们的友好态度，一直感染着我，影响着我！

他们对普氏原羚的生存环境和种群状况甚为担心。蒋志刚博士曾在 1995 年撰写的论文中讲道："普氏原羚还能够生存多久，尚难定论。该物种很可能在我们了解其生态、进化和遗传特征之前，即从地球上消失！"

李迪强认为，在人类活动影响下，普氏原羚只能放弃草原，向沙漠退去。目前在青海湖地区，沙漠与草原之间的生态交错带是普氏原羚的主要栖息地。但是从湖区穿过的铁路、公路将普氏原羚的家园切割为岛屿状，尤其是新修的旅游公路通过湖东沙漠，车来车往的喧嚣打破了昔日的宁静，沙漠的隔离效应正在消失。所以说它们失去了自己的家园，失去了往日的宁静，它们在流浪。

在李迪强研究员的支持下，我才在后来为普氏原羚起了个“中华对角羚”的名字，并与他一道走进中央电视台，在央视10套《走进科学》栏目接受“追寻中华对角羚”的专访。

青海省林业局高级工程师郑杰说，普氏原羚是一种善于奔跑的有蹄类动物，栖息在青海湖盆地的沙丘地与草原交错地带，以及阶地草原地带和河谷间平缓草原地带，需要较大的活动空间。而现有栖息区域都是牧场或农场的生产经营区,且拉设有网围栏,限制了普氏原羚的活动和采食，同时也增加了其躲避敌害的难度。他认为，在人类活动的压力下，普氏原羚有可能会灭绝。

拍好普氏原羚，就要提高自己的摄影技术。为此，我拜访、请教了因拍摄滇金丝猴而闻名世界的奚志农；著名动物摄影家、北京动物园兽医吴秀山；野生动物摄影家、《中国国家地理》编辑徐健；《中国摄影》编辑部主任梁文川。我还打电话请教了著名野生动物摄影家冯刚、周海翔、王勇刚等名家，并经常与青海省摄影界的老师、生态环保人士切磋、交流，有幸参加了中外专家进行的普氏原羚野外考察活动。他们的支持、指导和肯定，开阔了我的视野，提高了我的拍摄水平。

拍摄中，我还有幸认识了游章强博士。我与他的相识颇有戏剧性。那天，我与张德海、邢合顺去青海湖东考察普氏原羚，从沙漠与草原结合部的最远处出来时，太阳慢慢西沉，落日的余晖依然眷顾着这片宁静的天空，漂浮的白云与湛蓝的天空交相辉映，给人以无限博大之感。当我们的巡逻车刚要驶离沙漠，突然从沙梁后钻出一辆摩托车，向外行驶。我们与摩托车擦身而过时，看到车上的两个人，一人是当地人的装扮，另一人不甚清楚。走了一段路，“这么晚了，这俩人到荒无人烟的沙漠干什么？”我说了一句。“会不会是盗猎的？”邢合顺说。于是，我们停下来，挡住

了摩托车。经询问才知道，驾驶摩托的叫芦平，是当地的牧工，坐在后面的叫游章强，是一位在读博士生。他们观察了普氏原羚后，要回湖东种羊场处。

原来，游章强是中国科学院动物研究所攻读博士学位的研究生，四川安岳人。为完成《普氏原羚繁殖行为生态研究》论文，来此观察，并雇请种羊场的青年牧工芦平做向导。

为完成论文，从2002年10月开始，游章强博士在青海湖东岸的湖东种羊场一带进行普氏原羚繁殖行为的生态研究。他的博士论文最初的工作是在当地牧民芦平和其摩托车帮助下进行的，其内容是在不影响普氏原羚生活的情况下记录该物种的行为生态学相关数据，他们每天天不亮就要到达研究地。青海湖的冬天，天寒地冻，滴水成冰，用摩托车做交通工具的游章强和芦平，冻得两手发疼，双腿麻木，特别在下雪刮风的特殊天气，照相机也冻得冰冷僵硬，不肯工作，我正是这时认识了游博士。在此后的三年中，每个冬天的节假日我都来青海湖与游博士做伴，用相机记录普氏原羚的点点滴滴，趁机求教这位专门研究普氏原羚的学者。我俩多次同住湖东种羊场30元的客房，白天一块儿到普氏原羚活动地观察拍摄，晚上探讨有关普氏原羚的习性等问题。

虽然客房破旧、阴冷潮湿，而且需要自己提水、生炉火，住宿条件极其简陋，但有关于普氏原羚的交流，会让我们忘记时间和寒冷，感到收获颇多。有两次，我带了酒菜，与他小酌两杯。两个都不会喝酒的人，在酒精的作用下，面红耳赤地吼几句流行歌，尔后，在如雷鼾声中睡到天亮。

在他的鼓励下，我对普氏原羚这一物种的拍摄、管理与保护奔波得更有劲头了。我倡导将普氏原羚改名为“中华对角羚”的工作得到他的理解，特别是对该物种的保护引起了很多人的关注，使他受到鼓舞。一次记录草原围栏上挂死的普氏原羚成年个体，游博士从我被冻得通红发紫的脸上露出的难受神情，读出了我的悲痛和无奈，一再劝说“不要生气，要面对现实”。游博士在青海撰写论文和实地考察研究期间，还和我一起探讨摄影技艺。后来，指导老师蒋志刚心疼这位得意弟子冬天里每天坐摩托车太辛苦，给他买了一辆二手吉普车。从此，经常会看到他修理老爷车，有时冻得鼻涕邋遢，双手红肿，他的坚持让我由衷敬佩！

2004 年 8 月，在青海省西宁市召开了国家林业局、青海省政府和中国科学院动物研究所参加的“拯救普氏原羚国际研讨会”，蒋志刚主笔编写出版了《中国普氏原羚》

一书。游博士撰写的论文、拍摄的普氏原羚图片刊登在《中国普氏原羚》一书中，蒋志刚在该书序言中还特意写道：“葛玉修与他的‘青海青’网站的加入，为普氏原羚保护注入了有生力量。”我有幸参加了这次研讨会，并与参加会议的中外专家进行了交流。

3. 为羚呐喊

在拍摄中，我越来越感到普氏原羚的稀少和珍贵，在为它们的生存现状深感悲哀的同时，认为急需采取挽救和保护措施，但又感到仅凭个人拍摄宣传，能力极其有限，一定要借助媒体宣传，让全社会都知道和关注，让更多的人参与到保护普氏原羚的队伍中来。

于是，我在收集、掌握资料的基础上，奋笔疾书，饱含深情地撰写了《普氏原羚的呐喊》的文章，为普氏原羚代言呐喊：

我叫普氏原羚，羚羊的一种，也有人叫我“黄羊”“滩黄羊”。眼看着我的家族成员越来越少，已到濒临灭绝的境地，万般无奈，斗胆向人类呼

社会 SOCIETY 环保

普氏原羚的呐喊

呼呐喊……

我们和藏羚羊、藏原羚、鹅喉羚是同属兄弟。我的家族成员多栖息在海拔3400米以下较为平坦的半荒漠地带，爱吃禾本科、莎草科和其他沙生植物……

听爷爷讲，原来我们家族人口众多，宁夏、内蒙古、甘肃、青海草原都有我们的家族成员。20世纪50年代，仅青海湖东部地区就有成千上万的普氏原羚儿女。

蓝天白云下，广袤草原上，我们和其他动物和睦相处，自由自在地幸福生活。

你们人类到来后，我们欢喜异常，亲近你们，希望与你们做朋友。你们中的有些人并不友好，为了一点私利，残忍地杀害我们，甚至将我们的头角制成标本炫耀摆放。

大规模杀戮发生在20世纪60年代。当时，你们遇到了自然灾害，生活困难，饥饿难忍，有人便把目光瞄向我们，随着冒着火焰怪物的阵阵声响，我的家族成员成片地倒在血泊之中，尔后被你们用长着四个圆形大蹄子的铁兽运向远方……惨遭劫难的还有藏原羚、藏野驴，以及大批的青海湖湟鱼等。

人类度过了灾荒之年，我们的家族却遭受了灭顶之灾。地域缩小、数量锐减，内蒙古、甘肃、宁夏等地再也见不到我们兄弟姐妹的踪迹。唯剩青海湖西部、东北部残留着我们的踪影。

20世纪80年代初期，你们又在我们现有的地区上拉起了网围栏。家养的大群牛羊，践踏着我们的家园，啃食着我们的食物。我们看在眼里痛在心头，只好到荒坡、沙丘寻找可怜的食物。由于缺水少食，我们的体质越来越差，饿死、病死的越来越多。即使这样，你们中仍有人带着冒火的器具追杀我们。一次，我爷爷正带着全家觅寻食物，你们中的一人突然出现在他们面前，随着“砰”的一声巨响，伯伯即刻跪倒在地，爷爷等人惊慌奔逃。待傍晚回原地寻找时，发现地上的鲜血早已干涸，一堆灰烬旁凌乱地散落着几根白骨……从此，我们更害怕人类，一见你们的影子就躲得远远的。白天不敢下山，只好趁拂晓、傍晚出来觅食，可这时又是恶狼出没的时间，真是躲过了人类的追杀，逃不过狼群的摧残。2002年，就有8位同胞命丧狼腹。我们在人、狼夹击中生活，处境极其艰难。

近几年，你们人类又在我们的生活区内修建了黑色的道路，进一步撕裂分割着我们的活动区域。过去一两天才见到一只的大大小小的铁兽，现在每天成百上千地在黑色路面上疯狂奔驰，有的直接到我们的栖息地肆意骚扰。听听它们哀吼的声音，看看它们贼亮的眼睛，想想它们屁股

冒蛔的样子，真让我们胆战心惊。

条条道路、网围栏将仅有的兄弟姐妹们分割在鸟岛、青海湖北、湖东北等狭小地域。走不成亲戚、看不成朋友，家人也难以团聚。待到谈婚论嫁的年龄，周围尽是叔伯姨姑，兄弟姐妹，只好等待、再等待。无奈婚配，只得在亲戚中进行，近亲婚姻造成的种族退化，加上狼群伤害、人类猎杀，使我们的数量急剧减少，数量只有300只，仅占被你们列为国宝大熊猫的六分之一。若不赶快拯救我们，这个家族将会于近年内在地球上消失。

1996年、1998年你们IUCN（国际自然保护联盟）红皮书将我们列为极危级（CR）动物，1999年中国濒危兽类红皮书又将我们列为极危级动物。得知这一消息，大家欢欣鼓舞，奔走相告，幼稚地认为：我们得救了，生存环境将会改善，家人即将团聚。可惜空欢喜了一场，生活环境并未有任何变化，我们仍然处于水深火热之中。

更使我们想不通的是，同属珍稀动物的大熊猫，却倍受你们的重视和保护，不仅成立了相关基金会，还登报纸、上电视、铸造纪念币，甚至搞人工培育工程。生活在可可西里广袤地区的藏羚羊、藏野驴有数万只之多，因被盗猎，媒体炒得沸沸扬扬，已引起人们的极大关注，甚至通过可可西里的青藏铁路都专门为它们留下通道。而对我们，所谓的一级保护极端濒危动物，少有问津，知道我们这个物种的人更是微乎其微，你们们公平吗？

我们和人类同属地球上的生灵，同在一片蓝天下，我们善良、温柔，从未招惹过你们，只想过平静的生活。你们口口声声称我们是朋友，却无情地对待我们，掠夺我们的领地、杀害我们的同胞、截断我们的通道，你们良心何在？天理何在？！你们自称已经充分认识到了一个动物种群灭绝给生物链所造成的无法弥补的缺失。想想白鳍豚“淇淇”离去时你们痛心疾首的样子，想想华南虎消失在丛林中你们焦虑万分的情形，难道只有我们家族灭绝时你们才会产生恻隐之心吗？难道大千世界真的就没有我们的立锥之地吗？

面对危机四伏的恶劣环境，我们之所以不迁徙他乡：一是动物种群的势力范围早已划定，我们这一十分弱小的种群无力再开辟新的领地；二则是我们留恋故土，舍不得如梦如画的青海湖，舍不得生我养我的这片神奇土地。

我呼吁、呐喊，并非想得到特别保护，只希望你们平等地对待我们，让更多的人了解、同情、关爱我们！

这篇以第一人称的手法，讲述普氏原羚的外部特征、名称由来及生存状况，由我这个“业外人士”撰写、配图的呼吁保护文章，于2002年12月在《青海日报》《西宁晚报》发表后，引起强烈反响。当人们知道普氏原羚就是生活困难时期与青海湖湟鱼一同救了不少青海人命的黄羊，且全世界仅存300只时，感慨不已。还有不少人打电话向我详细询问普氏原羚的生活情况。一位校长握着我的手说："这不就是黄羊吗，它叫普氏原羚？它可救过咱青海人的命！"这篇配图文章后来又在《青海广播电视报》《青海金融》《野生动物》《财富生活》《摄影之友》等十余家报刊发表。通过报纸宣传，立刻引起了社会关注，仅存在青海湖畔的普氏原羚开始进入人们的视线。

2004年6月，得知青海湖北岸的海晏县甘子河口附近有普氏原羚出没，我乘新华社青海分社的采访车到了甘子河乡，可惜当时没见到普氏原羚，我心有不甘，便留住在达玉村牧民扎西家，连续三天的寻觅，终于找到了活动在这一地区的一个种群。

以后的时间里，我三次利用假期与青海湖自然保护区管理局的徐有彦、杨守德、司刘成、李金科等人巡湖调查普氏原羚的种群分布和数量。

我在拍摄中观察到，冬季里它们喜欢在草原的车辙处过夜。多少次黎明时去普氏原羚活动区，总看到车辙里一堆又一堆普氏原羚的新鲜粪便，开始百思不得其解，后来才明白，经过汽车碾压的草原，没有直立的坚硬枯草，羚羊卧在那里较为舒服，所以草原的车辙处，是它们理想的夜宿地。

A 24 | 中国新闻·聚焦　【新民晚報】　E-mail:xmywb@wxjt.com.cn　24小时读者热线:962288　责任编辑/张惠丹　视觉设计/罗杰　2005年1月29日　星期六

从“鸟王”到“中华对角羚之父”

——记生态环保摄影家葛玉修

青海银监局处长葛玉修是一名国家机关公务员，但他却十年如一日利用节假日拍摄野生动物，捕捉了3万多幅震撼人心的瞬间。他心系自然界濒危生灵的命运，写下了一千多篇科普和警世文章，为它们奔走呼号。他听鸟语可知鸟意，被人们称作“鸟王”，他为普氏原羚起了一个响亮的中国名字，因而有“中华对角羚之父”的美誉。

● 中华对角羚在雪地里觅食

● 斑头雁引吭高歌

● 小黑颈鹤将破壳而出

● 相亲相爱的鸬鹚　图 TP

要珍贵的濒危野生动物普氏原羚，这一物种目前全世界不足 300 只。

1996 年和 1998 年先后被国际自然保护联盟(IUCN)红皮书列为极危级(CR)动物，1999 年中国的濒危兽类红皮书中将其列为极危级动物。

普氏原羚非常机警，拍摄必须在清晨它们经过的地方潜伏等候，为此，葛玉修经常在摄氏零下 20 多度的高原清晨潜伏，冒着随时被狼群攻击的危险，一等就是二三个小时。当他发现普氏原羚时，已经冻得浑身哆嗦。取景器里普氏原羚占满了整个幅面，可是，自动对焦的尼康高科技相机严寒中完全丧失了功力。他只好把相机又揣进贴身的衣服里温暖，然后再拍。取景框上，呼出的热气一会凝成了一团薄冰。

专家称赞他拍摄的普氏原羚照片，是目前国内质量最高的第一手视觉资料。

普氏原羚作为中国独有的羚羊物种，却起着一个叫起来拗口的外国名字。能不能为普氏原羚起个中国名字？

听啾啾鸣叫　预知鸟儿起飞降落

现年 50 岁的葛玉修，中等身材，健壮结实。

2005 年 1 月 29 日，新华社记者王圣志、文贻炜撰写的《从“鸟王”到“中华对角羚之父”——记生态环保摄影家葛玉修》配图文章在《新民晚报》发表。如何对得起“中华对角羚之父”的称呼？这不是一个命名那么简单，中华对角羚现有的生活状态急需有个家！需要有大片草原，给它们提供安身立命之所。因此，我主张进一步建立中华对角羚保护区。

就我当时掌握的中华对角羚的栖息地状况是：它们大都生活在沙漠和草原连接处，青海湖鸟岛保护区有十几平方公里的沙漠，是它们的一个分布区。青海湖湖东还有一片面积达203平方公里的沙漠，是中华对角羚安身之所。但是，随着多年来牧民放牧区的急剧扩张和草原载畜量的持续上升，中华对角羚的生存空间不断被蚕食。我在湖东一带先后10余年拍摄观察发现，中华对角羚和家羊的活动区经常混在一起，当中华对角羚发现有牧人赶着家羊靠近时，就会跑向沙漠深处躲避。但在沙漠深处的山里，居住着不少野狼，这对中华对角羚的生存安全构成了又一严重的威胁。

牧民的家畜与中华对角羚争夺草场、水源，人类活动的足迹，如道路、帐房等各种设施，特别是牧民为保护自己草场而栽立密布的草原网围栏将中华对角羚的生存空间分割得七零八落。目睹老幼中华对角羚因跨越不过网围栏而无奈徘徊，看见被挂死在网围栏上的中华对角羚，我的心情十分沉重。由于中华对角羚被分割在7个不同的区域，地理隔离形成的小种群，必将导致性比失衡以及基因多样性的丧失，进而引起整个种群的遗传衰退，会进一步加剧中华对角羚种群的退化。当我见到多具瘦弱中华对角羚尸体后，

更加重了我对中华对角羚生存状况的担忧。

在李迪强研究员、游章强博士、王秀垒博士、李中秋博士、崔庆虎博士、朵海瑞博士以及青海湖国家级自然保护区张德海等人的支持鼓励下，我于2006年12月，发出了“建立中华对角羚保护区”的紧急呼吁。

我从“世界最濒危羚羊、青海湖畔成了最后的家园、建立中华对角羚专属保护区刻不容缓”三个方面，论述了建立中华对角羚专属保护区的重要性和紧迫性。

我在呼吁中写道：中华对角羚（普氏原羚）是中国独有的、仅存在于环青海湖地区的极度濒危野生动物……据有关部门普查，目前生存在青海湖东部和北部地区的中华对角羚只有300余只……仅局限分布在青海湖环湖地区的共和、海晏、刚察、天峻四县的7个区域，且呈不连片的隔离分布状态，总面积约为825平方公里，这对一个物种而言是极其危险的。1996年，国际自然保护联盟（IUCN）将其列为“世界极危级物种”。它也同时成为《全球羚羊保护行动计划》中

名列首位的濒危羚羊类物种。世界自然保护联盟物种生存委员会羚羊专家组主席认为："普氏原羚是世界上最濒危的有蹄类动物。"

中国林科院研究员、博士生导师李迪强谈到中华对角羚时曾严肃地说："如此濒危的野生动物，居然还没有一个专属保护区，应当引起有关部门的高度重视。"

当时，中华对角羚栖息地的丧失、破碎和相互隔离是其面临的最严峻生存问题。面对中华对角羚的生存状况，青海省政府不断加强了对中华对角羚保护和宣传力度，并将其确定为"环湖赛吉祥物"，青海湖国家级自然保护区管理局也尝试进行中华对角羚人工饲养，但因经济能力所限，一直没能建成中华对角羚保护区。2005 年初，有消息报道说，国家正在启动"普氏原羚野外种群保护工程"，将投资 7000 余万元，在青海湖东部、东北部和西北部的普氏原羚

分布区设置保护机构，实行禁牧，建设人工改良草场、补饲点、补水点和迁徙通道，并在青海湖周边设立其保护区，配备保护设施和专职保护人员，采取自然繁衍和人工饲养相结合的方法对中华对角羚进行保护。

建立保护区的呼吁发出后，我四处奔波游说，寻求政府和有关各方面的支持，想通过建立保护区，让这一物种很好地存活下去，让它们继续陪伴着人类欣赏每年春回大地的绿草芬芳、每天太阳的朝升夕落……

执着的呼吁，赢得省上的关注，媒体加大了宣传力度，这一物种的生存状况引起了社会各界的关注和重视。

2009 年 9 月 17 日第一个“普氏原羚（中华对角羚）保护站”在刚察县哈尔盖镇挂牌成立。中共刚察县委副书记，刚察县副县长、林业局局长、森林公安局局长以及来自国内外的专家、学者，省、市新闻媒体 200 余人参加了保护

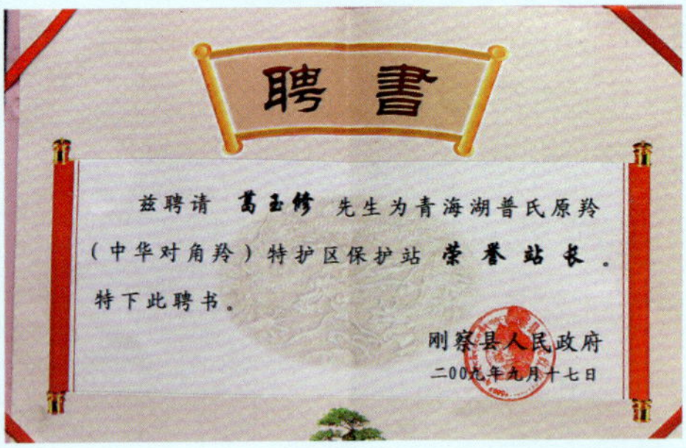

站揭牌仪式。我应邀参加了揭牌仪式，与县长一起为中华对角羚保护站揭牌，我郑重地向保护站赠送了4张装裱好的中华对角羚图片，并被聘为该保护站“荣誉站长”。捧着聘书，望着保护站牌壁，想想自己多年的奔走、呼号得到了落实，心中的幸福感油然而生，一行热泪潸然而下。

全国第一个普氏原羚（中华对角羚）保护站的成立，引起社会巨大反响，众多媒体争相报道，一时成了热门话题。以哈尔盖森林派出所为基础的保护站，致力于中华对角羚的保护，修建了两个中华对角羚饮水点。保护站工作人员与北大山水、兰大绿会、青海师大蓝眼睛协会的成员，带着宣传手册，深入村社和牧户，宣传中华对角羚等野生动物保护的重要性，他们坚持派员定期巡查，争取中华对角羚保护项目资金，动员牧民拆除中华对角羚核心区网围栏的刺丝、降低网围栏的高度，成绩显著，得到有关部门和社会各界的一致好评。我至今经常到保护站，看望在那里辛勤工作的干警们。

呵！中华对角羚进了动物园！

为让更多的人了解中华对角羚，2010 年，西宁野生动物园开园时从青海湖鸟岛自然保护区引进 8 只中华对角羚，在草食动物散养区和游客见面，并开展了繁育技术研究，先后成功繁殖 6 只（4 雄 2 雌），并将首次为中华对角羚接生的陶延财调至动物园，专门负责中华对角羚的饲养与管理。它们的种群数量一度达到 15 只。目前，西宁野生动物园依然是世界上唯一饲养展出中华对角羚的动物园。通过多年的科学普及和保护教育，让更多人认识、了解了中华对角羚，以及它们的生存现状。西宁野生动物园曾邀请我进园演讲，并将我拍摄的中华对角羚等野生动物图片，长期展放。

2016 年青海省生态保护厅建立“生态之窗”远程高

清视频监控系统，采取自动及人工值守方式，近距离观测野生动物，研究藏羚羊、青海湖裸鲤等多种珍稀野生动物和水生生物的活动，并通过青海环保云平台海量存储系统，不断积累观测资料。习近平总书记来青海考察时，专门观看、高度评价了“生态之窗”。在我的建议下，青海省生态保护厅“生态之窗”于2017年在刚察县哈尔盖等地安装了视频监控系统。生态保护厅通过“生态之窗”在刚察县哈尔盖观测点实时观测到260余只中华对角羚聚集在保护区近3公里长的狭长区域，时而觅食争斗、时而奔跑的壮观场面，印证了随着对中华对角羚保护力度的加大带来了青海湖周边生态环境改善，该物种群数量正在逐渐增长。

2019年国内首家以自然资源为主题建设的省级博物馆，首次实现了以山、水、林、田、湖、草、生物、矿产资源融合展出的博物馆——青海省自然博物馆落成，我拍摄的中华对角羚头像悬挂馆内动物区。该物种进馆，让我兴奋不已。

为保护中华对角羚，青海湖国家级自然保护区管理局选派专人负责野生动物救护中心的中华对角羚野外救护工作。目前，该救护中心已有45只羚羊，成为中国最大的中华对角羚野外救助繁殖基地。

4. 护羚同路人

20 世纪 90 年代的青海湖周围，地广人稀，可供住宿的旅店少之又少。为了拍摄野生动物，有时要在牧民家住宿过夜。当地牧民豪爽热情，遇有客人拜访，便像亲人一样对待，倒上酥油奶茶，拌上炒面糌粑，甚至拿出平时舍不得吃的酒肉招待。我与常拍地的几户牧民相识、相知，建立了深厚的感情和友谊，与诸多人成了好朋友。我向他们学习请教，请他们为我当向导，甚至在他们家吃住。

生活在青海湖周边的藏族群众，生于斯、长于斯，对家乡有着特殊的感情，一说就懂，懂了就做。当地的好几个牧民受我影响，走上了保护野生动物的环保之路，成为保护当地生态环境的志愿者。

牧民尖木措是我最要好的朋友之一。他是甘子河乡达玉村一名普通藏族牧民。在与我的相处中，他热心投身于中华对角羚的保护工作之中，每天都会去草场上走一圈，检查有没有被狼咬伤或生病的中华对角羚。如果有，他就立即救下。受伤较重的，他会第一时间送到当地森林公安局或青海湖国家级自然保护区管理局。受伤较轻的，他会

柴青平　摄

带回家，交给妻子精心照料，伤愈后再送回草场。

后来，青海湖观光旅游人多了起来，巡护的任务越来越重，尖木措感到力不从心，便动员苏科等 5 人成立了巡护小组，划分区域分别巡护。我将尖木措等牧民的事迹反映给了媒体，时任《西宁晚报》记者的葛文荣专门到尖木措家进行采访，报道了尖木措和他的巡护小组事迹。青海省和海北州的媒体开始关注并多次报道他们的事迹，2016 年尖木措被海北藏族自治州评为优秀共产党员，同时也被青海湖国家级自然保护区管理局选为生态管护员。

尖木措说服全村 46 户 120 多人主动参与到生态环境和野生动物的保护中。多年来，他们救治中华对角羚和其他野生动物 50 余只。在他们的细心呵护下，那卡草原上的中华对角羚数量已从当初的 30 多只，增长到现在的 500 多只。

如今的尖木措更加深刻地认识到自己身上的责任，不断宣传和发动更多的人参与到青海湖生态保护中来，并影响着自己的下一代。“阿爸放心吧，青海湖是我们的家，等你老了走不动了，就由我来保护。”尖木措 12 岁的儿子朋毛仁青已经懂得了环境保护的传承。

蒙古族青年芦平是我的又一个牧民朋友。他是湖东种羊场的牧工，上过中学，会熟练地说汉语。与他和游章强相识后，我经常到他家。他看见我拍摄，既觉得神秘，又有极浓厚的兴趣，想跟我学拍摄，几次骑着摩托车带我去找中华对角羚，和我一起爬冰卧雪。一次，他在观察归来的途中看到一只刚出生三四天的幼羚，趴在沙丘与草原结合部的一个洼坑里，身体十分虚弱。巡视四周，没见其他羚羊，他便将瘦弱的幼羚抱回家，用牛奶喂养，精心照顾，待小羚羊身体强壮以后，送给了青海湖自然保护区管理局。为了鼓励他继续关注保护中华对角羚，我将一架美能达相机和一支 70—200mm 的镜头赠送给了他。如今，他也能自如地操作相机了，并且继续为保护

中华对角羚出力。

中华对角羚活动区域之一的共和县倒淌河镇甲乙村位于青海湖东北部。我的牧民朋友切群加、兰却加等人受我的影响，2008 年组织成立了救助救护中心。年轻的兰却加富有爱心，小时候听长辈说这种黄羊留在羊群会防疾，黄羊的粪便也有着一定的药效，出于这样原初的信仰和藏民族不杀生习惯，兰却加他们静静地守护了 7 年。后来从报纸和电视上才知道这种黄羊是国家一级保护动物。他们读

了我关于为保护这一物种应降低网围栏高度的建议后，自觉降低了自家网围栏的高度，不惜少养自己家的牛羊，腾出草场给它们，并经常观察巡视。

刚察县哈尔盖镇公贡麻村牧民娃来收养了一只小中华对角羚，精心喂养，他们走到那里，小羚羊就跟到那里，俨然家庭的一员。小羚羊长大了，要把他放回到草原去，娃来的妻子有些舍不得，亲了一次又一次，恋恋不舍将小羚羊放到中华对角羚活动的草原，过了一阵儿，看到小羚羊跑入野外的中华对角羚种群，才眼含热泪，三步一回头地离开。后来，娃来的妻子连续两次去中华对角羚活动的草原看望小羚羊。

还有藏族老人阿合洛、小泊湖附近的南加等，都用自己的方式为保护中华对角羚尽心出力。

有人说："每个人一辈子会认识将近 8 万人，在我们认识的所有人之中，只有少数几位会变得很特别，请保持联系。"我没有统计过自己认识多少人，但是自从走上生态摄影这条路后，我结识了太多平凡又特别的人。他们的存在，于我而言，亦师亦友，他们鼓励、鞭策我不断向前走，而且越走越有劲头。

2004 年 10 月的一天晚上，10 点多钟，电话铃声突然响起来，这么晚了，还是一个陌生电话，会是谁呢？来电话的是一位女性，自我介绍她名叫曹春玲，是《绿叶》杂志的编辑，正在给一篇关于濒危动物普氏原羚的文章排版，需要几张照片，希望得到帮助。

为宣传保护濒危动物提供照片，求之不得！我高兴地说，“好呀，你们需要什么样的照片，我明天寄给你们！”她说，“葛老师，麻烦您发电子照片给我，就现在。”这下把我难住了。那时，还没有现在的宽带光纤上网，要通过电话线拨号上网，我又是一个“网络菜鸟”，很多软件还不太会用。曹编辑说，“没事儿，我教您发邮件。”

于是，一堂“远程教学”开始了。在曹编辑的指导下，经过几番折腾，我终于把照片传到了编辑部信箱！大功告成的时候，一看表，已经是深夜12点多了。我忍不住关心地问了一句，“曹编辑，您现在还在单位吗？”她说，“是的，工作没完，还不能走。”放下电话，我对这位编辑顿生敬意。

不久，我拍摄的4张照片连同中科院蒋志刚研究员的文章一起发表在《绿叶》杂志上，文章的标题是《普氏原羚，青海湖畔最后的哀鸣》，每张照片都配上了精练的文字说明，大大增强了图片的感染力。当收到杂志，看到图文并茂的排版，那种心情，真是难以言表。因为几张照片，我知道了一个国家级环保刊物，结识了一个热爱工作的编辑。

没过多久，我到北京开会，专程找到《绿叶》编辑部，打算当面向曹主任(收到杂志后知道她是编辑部主任)致谢。事实上，我们的谈话不断被各种找她谈事说稿子的人打断，我只好知趣地告辞了。那次见面倒也解决了我的一个疑问，我问她："你是怎么找到我的？"她笑笑说，"我是一个做记者的，我的一位新闻老师曾讲过，你想认识世界上的任何一个人，中间只需要经过六七个人。如果我想找，就一定能找到，因为这是我的工作。"此后，在我们长期的交流中，听到她说的最多的一句话就是"这是我的工作"。

2011年12月的一天，曹主任电话告诉我，"2010—2011绿色中国年度人物"评选正在进行公众提名推荐，她推荐了3个人，其中一位就是我。她说，葛老师，我推荐的都是很了解的人，很认真地写了推荐语。希望你们的事迹能够引起关注并最后获评年度人物。经过"网络投票、社会调查、专家评审、媒体公示"等环节，我竟幸运当选。第二年的"6·5"世界环境日，我荣幸地参加了"2010—

2011绿色中国年度人物”颁奖仪式。

再后来，因为“年度人物”的原因，我参加了曹主任负责协调和组织的一系列活动。我们一同去辽宁本溪进行“生态文明走基层”，受聘“中广核核电科普大使”到广东大亚湾参与“核电开放日”。我先后被“绿色中国年度人物”评选委员会聘任为“公众评委”。最使我难忘的是，在她的推荐下，著名的公益讲坛——CC讲坛邀请我到北京做公开演讲。2017年5月1日下午，在北京大学医学部报告厅，我做了题为“不做‘侵略者’的生态摄影师”的主题演讲。虽然，我已经做过多次报告，但是面对聚光灯，还是有些

紧张。曹主任坐在台下第一排，适时地带头鼓掌，打消了我的紧张情绪，18分钟的演讲极为成功。

我把曹主任视作良师益友，遇到问题和难处都向她诉说请教，她也都热情地耐心分析解答。她对我演讲的课件、出版的画册提过不少中肯的意见，甚至是直言不讳的批评。

25 年的生态环保之路，在请教、开会、宣讲、取经的同时，使我认识了全国各地诸多朋友，共同关注环保这一社会课题，使我们成为宣传生态环保的同路人，也影响和带动了不少人走上生态环保之路。

机缘巧合，2013 年一次偶然的机会，我与石径先生在青海省摄影家协会举办的展会上相认。他的两幅作品获得大奖，其中一幅取名《圣境》的作品，画面干净、主题突出，充满地域特色和文化内涵，深深地吸引了我。我俩一见如故，探讨摄影的风格和技巧，讨论摄影的思路和主题。谈及我拍摄中华对角羚等野生动物的过程和故事，他非常赞同地说：生态环境是我们赖以生存的根本，每一样生物都是我们人类的朋友，我们应该保护它、爱惜它。从此，这位诗人摄影家，走上了生态摄影和环保宣传之路。

我俩多次凌晨 4 点出发，去青海湖拍摄中华对角羚，甚至去可可西里拍摄藏羚羊。但凡约好了时间，不管刮风下雨还是冰天雪地，从未失约。

有一次，我们俩在零下 20 多摄氏度的青海湖北岸雪地里，静静等了 2 个多小时后，发现十几只中华对角羚朝我们飞奔而来，我俩从拿相机到拍摄不到一分钟时间，突然发现中华对角羚后面有一只家犬在追赶。随着生活水平的提高，来青海湖旅游、观光的人越来越多，但是由于有些人在旅途中携带宠物狗，这些宠物会对中华对角羚以及青海湖周边的鸟、野兔、狐狸等动物产生惊扰。强烈的环保意识，使我俩共同认识到，对这些宠物狗的管理也是生态保护面临的新问题。

2018 年 10 月，我俩又去青海湖，为了拍青海湖背景的大群中华对角羚,找了一个又一个地方,都不理想。后来,在人们一般不曾到达的甘子河口附近，发现了一群 70 多只的中华对角羚。我俩下车,弯腰前行,一点点靠近,最后,在距中华对角羚 80 米的一个土坡后，拍下了青海湖畔大群中华对角羚嬉戏觅食的清晰图片。

爱生态、护生态、拍生态。光做笔、影为墨，绘一幅山河如画，叙一段故事如歌。现在想来，我和石径先生的故事依然是那样如茶如酒，静时可品，久藏可享。

2013 年，北京一位富有爱心的金女士，看了我呼吁保护中华对角羚的文章，认为保护中华对角羚、拆除网围栏的意义重大，也加入了宣传工作。听说青海湖湖东建立保护站缺钱，立即捐出了 10000 元，用于为中华对角羚保护站的建设。2017 年再来青海时，她特别关注保护站的发展,到野外观察中华对角羚生存状况，看到牧民尖木措收养了一只救助的小幼羚，每天给它喂牛奶，便掏出 1000 元交给尖木措，后来又推荐尖木措到北京参评生态保护奖，使参与保护的牧民受到了极大鼓舞。

青海域上映象文化传媒有限公司的谢总经理，是个富有爱心的青年企业家。十多年前在一次我创办的“青海青生态环保摄影网”的网友活动中认识。曾有 5 年当兵经历的他，退伍后创业至今，一直积极参加保护中华对角羚的宣传活动。十几年前与我一起去青海湖调查和拍摄中华对角羚，就被这个特有的物种所吸引，此后他很多次与我爬冰卧雪拍摄中华对角羚，支持我拍摄和宣传环保。他友情拍摄了反映我与中华对角羚故事的《高原守羚人》微电影，该片在参加中宣部组织的“学习强国全国短视频大赛”中

荣获三等奖。

在国内外颇有影响的《中国周刊》，2018 年四月号，用 12 个版面配图刊发了王国强撰写的文章《博大深邃的生命情怀》，文中出现了中华对角羚文字和图片。他既是一位写作爱好者，也是一位摄影爱好者，更是我踏上环保之路一路相伴的支持者。该文先后被《中华英才》《中国文艺报》《中国转业军官》等多家主流媒体刊登、转载。由衷感谢志同道合的王国强！

5. 绿色团体参与

生态环保是一家，在生态环保的道路上，我认识并与全国的一些社会绿色团体保持着联系，相互学习促进，共同推进生态环保事业。

北大教授吕植和她带领的北大山水团队，一直为保护中华对角羚尽心出力。

中国生物多样性保护与绿色发展基金会长期以来致力于生物多样性保护与濒危物种的抢救工作，也一直密切关注中华对角羚的生存状况。2015 年 5 月，该会在西宁参加了主要以推进民间中华对角羚保护区为主要内容的研讨会，还请我去北京做《我眼中青海的动物世界》科普讲座。

2015 年 6 月,中国绿发会发起了“拯救高原上的精灵”

网络募捐活动，推动更多的人了解、关爱这一物种，派员来青海实地考察中华对角羚生存状况。2016 年 7 月，中国绿发会设立了保护基地，让我担任保护基地主任，并在青海湖畔举行了授旗仪式。同时他们的工作人员拜访青海省林业厅野生动物保护管理局，推动联合加强中华对角羚保护地工作，刊发为中华对角羚“正名”的相关宣传报道。2020 年春节，绿发会向保护地发来感谢信，感谢青海省在保护中华对角羚方面的辛勤付出和取得的骄人成绩。

兰州大学学生环保社团——绿队，连续 11 年关注中华对角羚。每年暑假，他们都会组织学生实践团队来青海，调研中华对角羚生存状况。他们还利用我拍摄的中华对角羚头像图片，来制作文化衫、图版或直接举着中华对角羚照片在西宁向人们宣传保护中华对角羚的知识。在环青海湖国际自行车公路赛延伸甘肃后，他们又在赛车经过的路段呼吁宣传。从 2004 年到 2015 年，绿队的同学们调查了中华对角羚的生存状况、生活习性、历史分布，也分析了老青藏铁路改建对中华对角羚生存状况的影响，还一步一个脚印地测量了影响中华对角羚生存环境的网围栏分布图。他们不停地追寻着中华对角羚的踪迹，寻求着保护这群高原精灵的道路。他们信念坚定，不怕吃苦，发挥着大学生的力量，为中华对角羚的保护起到了积极作用。作为绿队的指导老师，我曾 3 次应邀到兰大讲课，这支为保护中华对角羚尽心出力的年轻志愿者队伍荣获了 2009 年阿拉善第三届“SEE · TNC”生态奖。绿队成立 20 周年之际的 2019 年，中华对角羚被选为其社团吉祥物，中华对角羚项目精神也成为兰大绿队人的精神传承。

青海师范大学蓝眼睛生态保护协会，十分关注青海的生态环境保护，两次请我为外地院校来该会学习交流的社团讲课，并借助我的图片，举办中华对角羚图片展。他们走进牧区，参与中华对角羚的保护宣传，并于 2016 年获得“斯巴鲁生态保护奖”。

2013 年，在第 44 个世界地球日来临之际，由国际绿色经济协会 (IGEA) 发起主办，世界地球日网络、中国绿色碳汇基金会、中国科学技术馆联合主办的“保护地球——绿色行动”公益盛典在北京召开。推选“地球绿肺天使”是协会保护地球绿色行动主题活动之一，通过表彰先进人物来影响社会各界积极参与绿色行动。我与其他来自全国各地的 6 人荣获“地球绿肺天使”称号。绿色组织给我的荣誉，也是激励我在生态环保道路上砥砺前行的动力。

6. 看见未来

经地方政府、野生动物主管部门和社会各界的共同努力，刚察县、海晏县修建了饮水池，拆除的中华对角羚活动区的网围栏刺丝累计达 51.5 万米，网围栏高度也已从原先的 1.5 米降低到现在的 1.2 米左右，通过预留迁徙通道、投喂越冬草料等方式，保护了中华对角羚和其生存环境。中华对角羚的种群数由 10 个增加到 14 个，甚至出现了青海湖管理局自 2004 年成立野生动物救护中心以来首次诞生“双胞胎”，这在中华对角羚发展史上都是罕见的。中华对角羚的数量也上升至 2700 余只，由“极濒危”降低为“濒危”，一字之差，饱含着诸多管护人员的心血与汗水！

2017 年 7 月，“青海海北——中国普氏原羚之乡”授牌仪式在海北藏族自治州西海镇举

行。海北州作为中华对角羚的栖息地，于2009年9月正式挂牌成立了“刚察县青海湖普氏原羚特护区保护站”。目前，此区域内中华对角羚种群数量最为密集，并以湖滨优质的草场、良好的生态、民众的爱护，成为中华对角羚最佳的繁殖栖息地。

看到“中国普氏原羚之乡”落户海北州的消息，我打心眼里感到高兴，这标志着青海省珍稀濒危野生动物的保护工作又迈开了新步伐。

中华对角羚的生存状况牵动着千千万万人们的心。政府和社会各界都在为保护它们费心尽力，力求这一物种在地球上延续。最近几年气候变暖，雪山融化，主要是降水

量增多使青海湖的水位不断上升，原位于青海湖北岸的青海湖自然保护区管理局救助的中华对角羚所在的草场被水淹没，为保护这些中华对角羚，省政府划出 4000 亩草场用于救助中华对角羚，并将救助中心的 37 只中华对角羚迁至这个新草场。政府于 2018 年开始，对保护中华对角羚的牧民巡逻者提供资金补助，2019 年，补助资金上涨到了每年每人 2000 元。

作为民间环保人士，看到地方政府及社会各界的努力成果，想想自己 20 多年的努力没有白费，没有什么比这更开心的事情了！

处理好野生与人工饲养野生动物的关系，一直是大家较为关注的问题。我在北京航空航天大学演讲时，一位同学问起“如何看待人工给中华对角羚投放饲料”时，我将自己并不主张人工干预野生动物的正常生活的观点告诉了当时在座的同学。我始终认为，野生动物是属于野外的，自然界的法则是“优胜劣汰，适者生存”。

一些野生动物活动的景区，人们出售食物，鼓励游人购买投喂动物，我认为是害不是爱，真正的美是自然的美。投喂会影响野生动物的自然觅食，降低环境生态对生物的影响作用。投喂会也会引起动物生活习惯的变化。青海湖的一些棕头鸥，由于习惯了人们的投食饼干、馒头、火腿肠，整天聚集在码头等食。鸟岛关闭不对外开放后，这些棕头鸥落在马路上，遇到行人“唧唧”叫唤，意在乞食，甚为可怜，真担心它们失去野外的生存能力。我认为野生动物的事情还是交由野生动物来解决！

为中华对角羚设立保护区，意在给予它们一个草场面积较大、草料相对充裕的地方，以减少天敌危害，保持在自然环境下的自由行为和状态，从而保持野生动物的野性，是非常必要的。

如果只期望延续野生物种和数量的发展而进行人工干预，不注意保护野生动物及其生活环境，也会使自然平衡受到破坏，这是不可取的。

如果因为雪灾、涝灾等重大自然灾害，直接影响中华对角羚和其他野生动物的生命安全，人们可以、也应该投放饲料，帮助中华对角羚等野生动物度过灾害。青海湖自然保护区管理局，刚察县、海晏县政府，以及当地牧民在雪灾时给中华对角羚投放燕麦、饲料是值得赞许的。

为羚正名

给普氏原羚起个中国名，不仅是因为除极少数业内人士外，当地人早已称之为黄羊或滩黄羊，并不知道它的“学名”，更因为用一个肆意杀害中国人的俄国殖民者的姓氏，给中国独有的羚羊命名，这是中华民族永远的伤痛和耻辱。因而，为羚正名，不仅仅是名字之争，而是让站起来、强起来的中国人运用应有的话语权，维护国家尊严，表达民族情感，更能增进国人的爱国意识和保护意识。

1. 为什么起个中国名？

中国独有的羚羊物种，却起着一个叫起来拗口的外国名字，早已引起业内人们的注意。有人曾为它起过“普氏小羚羊”的名字，由于仍没有摆脱外国人的姓氏，且“小羚羊”包括多种，故没叫响。也有人认为，“黄羊”就是它的中国名字。然而，普氏原羚、藏原羚、鹅喉羚、蒙古瞪羚都被称作“黄羊”，因而也不适宜。于是，普氏原羚的名字延续下来。 每一次听着普氏原羚的名字，伤痕就在我的

内心划过，犹如100多年前生灵的哀鸣。

究竟能不能为普氏原羚起个中国名字？看看在我国工作的外国专家中，不少人起有中国名字，即使用普尔热瓦尔斯基姓氏命名的“普氏裸鲤”“普氏野马”，也早已被“青海湖裸鲤”“中国野马”所代替，回答是肯定的。

在看过普氏传记之后，我强烈主张“中国独有的羚羊物种，应该拥有一个中国的名字”。经与林科院研究员李迪强，新华社青海分社记者吕雪莉，朋友张德海、邢合顺等人研究讨论，考虑到普氏原羚为我国所独有，雄性长着一双与其他羚羊不同的相向对弯的黑色环棱状犄角，我于2004年4月发出《给普氏原羚起一个中国名字——“中华对角羚”的建议》。该建议登载在2004年3月8日的《决策参考》上。

为探寻“普氏原羚”名字的由来，我查找了很多资料，询问了多位专家，大都以“是用最早发现它的一位俄罗斯专家姓氏命名的”，具体情况并不清楚为回答。后来我听说有一本俄国人写的《普尔热瓦尔斯基传》，比较详尽地介绍了普氏，因此一心想看到这本书。可当时的新华书店和青海图书馆都没有这本书。一次偶然的机会，新华社青海分社社长党周得知我在寻找这本书，便将他保存的这本书借给了我，我认真地读了一遍又一遍，对普氏有了较多的了解。

普尔热瓦尔斯基，1839年出生，俄国职业情报军官。到1888年，身为少将的他，已经在中国西部积累了丰富的经验，雄心勃勃地准备第五次来中国，寻觅猎物，盗取珍宝，不料突然患病死亡，时年49岁，终生未娶。

1867年到1869年间，普尔热瓦尔斯基曾作为沙俄情报军官考察过西伯利亚和远东以及中国的东北，并在兴凯湖、黑龙江、乌苏里江一带采集过大量的动植物标本，记下了详尽的考察日记并绘制了地形图。考察结束后，普尔热瓦尔斯基在俄国皇家地理学会西伯利亚分会为他举行的学术报告会上,报告了他在西伯利亚、乌苏里江的所见所闻。报告不仅轰动了整个国际地理界，而且也给普尔热瓦尔斯基带来了盛名，使他从一个名不见经传的小军官一跃而成为国际知名的探险家，并一步一步从少校成为将军。

如果说，成为国际知名探险家，是他一次次到不被西方人了解的中国西部换来的声誉，而少将，则是他用在中国搜集的大量政治、经济、军事情报，特别是绘制了进攻中国的路线图——为将来可能进行的军事行动做准备——赢得的军衔。

1884年2月底，普尔热瓦尔斯基的队伍从今甘肃省武威市翻过祁连山，抵达青海境内。

普尔热瓦尔斯基派他的翻译和一名随从先行到西宁，希望官方派遣向导，带领他们从柴达木盆地前往黄河源头，地方官接到清政府的指示后，虽应允了提供他们沿途所需的物资，但认为普氏在本地杀生犯了大忌，并不想为他提供向导，最终派了一个排的士兵随同他们在青海考察。

路上，普氏担心以采集标本为目的杀生行为，会受到中国士兵的监督，便以“如果再继续尾随考察队，俄国士兵将开枪射击”的威胁，逼退了他们。

普尔热瓦尔斯基此行收获异常丰厚，其中包括中国特有的 40 多种哺乳动物的 130 张兽皮和头骨标本，230 种近千只鸟类标本，10 种爬行动物的 70 个标本，11 种鱼类标本和 3000 多种昆虫标本。他仔细地将这些标本用骆驼运出青海，接着打成包裹，全部送给了俄罗斯科学院动物研究所。在当时，这些都是国际动物学家们眼中的盲区。

也是在这次，青海湖畔的一种未曾见过的羚羊，激发了普尔热瓦尔斯基的征服欲，普氏的子弹射穿了高原精灵的胸膛，他制作的 27 张羚羊皮张和 12 具头骨标本，至今仍完好地保存在俄罗斯圣彼得堡俄罗斯科学院动物研究所博物馆里，这就是以他的名字命名的普氏原羚。

清末，西方博物学家、探险家开始探索中国——这个还未被现代生物学考察过的处女地。这是一个地理大发现的时代，更是一个冲突和屈辱的时代。

在考察长江源时，普氏的队伍与果洛藏族部落发生冲突，进行了两个小时的枪战，普氏一方依据武器优势，打死了 40 名藏族人。在中国的土地上，这些俄国人肆无忌惮地大肆杀戮，普氏还在自述中得意地写道：“只要你不是腋下夹着福音书，而是囊中有钱，一手拿枪，一手拿马鞭，那么，在这里你就可以通行无阻。”

普氏在考察黄河源头后，将黄河上游的“扎陵湖”“鄂陵湖”命名为“俄罗斯湖”“探险队湖”，狂妄地叫嚣：“用一千俄罗斯兵,就可以征服贝尔加山到喜马拉雅整个地区。”

在东方已有名字的土地上冠名，是西方殖民主义和欧洲中心主义的结果。那些以欧洲人名字命名的地名、植物名、动物名，比比皆是，但他们炫耀声称，这是西方科学家的地理大发现。

当时的俄国因克里米亚战争失败而“转向东方”，中国大片领土被俄国掠夺。随后，由俄国皇家地理学会出面组织的探险队接踵而至，而这些探险均得到了俄国外交部、陆军部和沙皇本人的支持。在接下来的 50 年里，沙皇亲自划拨经费支持三四十支科考队进入西藏、蒙古、新疆等地。

普尔热瓦尔斯基用自己的双脚为沙俄帝国丈量着中国。当他到达长城的时候，以一种对东方大地鄙夷的态度感叹：“历史告诉我们，早在公元前，中国古代统治者就花费了两百多年时间修筑长城，以保护国家不受邻近游牧民族的侵扰。但历史也告诉我们，这道凭借千万人血汗筑起的人工屏障却从未有效抵御过外敌入侵。”

一种只存在于中国青藏高原的精灵，在国际学术界却

以一个俄国人名字命名，成了弱国时期的伤痛。至今，一些科考人员还习惯地称呼其为普氏原羚。

1862年，普氏在探险、考察时发现了中国这一特有羚羊物种，便采集标本，带回俄罗斯，后被命名为“普氏原羚”。这种以姓氏命名的方式，虽为国际惯例，但没有像非洲“弯角羚”“跳羚”那样的体态行为特征，特别还带有一种浓重的殖民色彩，不利于宣传普及。近年来，我国的动物类专家和相关媒体虽多次呼吁保护，但没有唤起人们广泛的关注和保护意识，以至于除专业和相关人士外，很少有人知道“普氏原羚”这个名字，这种状况对于宣传保护普氏原羚极为不利。

考虑到普氏原羚为我国所独有，雄性长着一双与其他羚羊不同的黑色环棱相向对弯犄角，且至今没有中国名字，我建议增加中国名字称其为“中华对角羚”（这一建议得到了李迪强等普氏原羚专家的支持），以扩大宣传，增加这一物种的知名度，增强人们爱国意识和保护意识。

我感觉这些理由或许不足以上升到国家层面，只是自己不愿意忘记惨痛的历史，更愿意坚持中国的文化特色、体现民族精神！这个物种早被我们中国人认知，并已经被当地人称为“黄羊”“滩黄羊”，并不因为普尔热瓦尔斯基他们的发现而改变，因为这里不是新大陆，这里一直是中国的土地。

2020 年 5 月，在全国“两会”上，全国政协委员张

周平提交了《关于规范物种名称，叫响中国传统名称》的议案，肯定了“把普氏原羚改称中华对角羚，是科学文化领域纠偏的具体表现”。该提案提出后，立即引发热议，人民政协网、国家林草局绿色中国网、澎湃新闻网、今日头条纷纷转载。得到这些信息，我彻夜难眠，激动的心情无以言表，来自全国“两会”的声音，表达了我的所思、所想、所做。对！现在已不是一百多年前没有话语权的年代，当时任人欺凌、宰割，不少地名、物品、物种被冠以洋名。现在，我们有理由有自信为自己国家的动物增加中文名字，我们虽不反对别人叫它普氏原羚，但我们希望“中华对角羚”这个名称在中国、在世界上越叫越响。

2. 社会支持

我发起了“为普氏原羚增加中华对角羚名字”的签名活动，青海师范大学、青海民族学院、西宁部分中小学3650余名师生在条幅上签名支持。

中国摄影家协会理事、国际摄影艺术展览评委梅生先生专门写下了饱含深情的评语：

葛先生栉风沐雨，跋山涉水，用15年的时间，将高

张海东　摄

原精灵的影像，凝结在青海湖一样纯净的心之明镜上。尤其令人钦佩的是，葛先生将“普氏原羚”的称谓，回归为“中华对角羚”，并毅然命名。是勇气，是爱国情感，亦是严谨的学术态度。葛先生的做法超出了摄影家的工作范围，但是坚持了一位中国摄影家的责任与良心！

我（梅生）曾经应邀到南部非洲的津巴布韦拍摄世界文化遗产大津巴遗址。在英国殖民地时期，这个国家被称为“南罗得西亚”，带有很浓重的英国味道。津巴布韦独立后，以当地土著语言绍那语将世界文化遗产大津巴遗址命名为国家名称。这是世界上唯一的以世界遗产地作为国名的国家。国家尊严、民族情感、文化良心的旗帜在全世界飘扬。我明白了葛玉修先生的良苦用心，生命的痛苦不仅仅是肉体的磨难，更残酷的是心灵尊严的践踏，看到中华对角羚那双明澈的眼睛，我的心得到安慰！

青海书法家协会副主席樊华先生，得知这一消息，欣然命笔，书写“中华对角羚”相赠。《青海广播电视报》用一个半的版面刊登了呼吁《拯救中华对角羚》的图片和文章。我的一些领导、同事、朋友也以不同的方式为我助阵加油。中国林科院首席专家、研究员、博士生导师李迪强博士，王秀垒博士、朵海瑞博士、崔庆虎博士等人，称赞“中华对角羚”这个中文名字，既具有明显的外部特征又具有浓烈的民族情结，还不与国际命名相冲突。为增加宣传力度，我自费制作了4块展板，以“青海青”网站的名义与学校

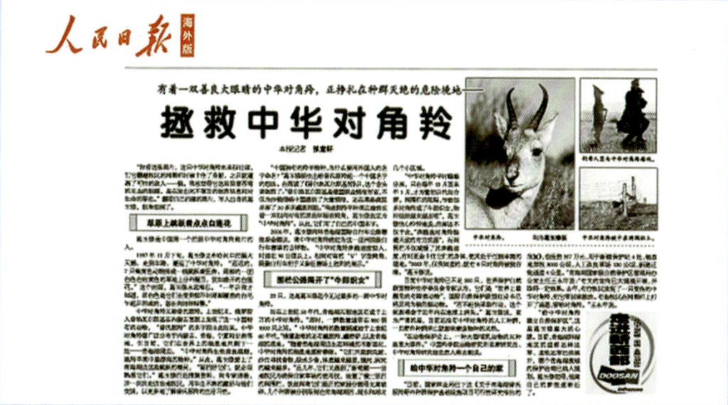

人民日报 海外版

有着一双善良大眼睛的中华对角羚，正挣扎在种群灭绝的危险境地——

拯救中华对角羚

本报记者 张意轩

草原上跳跃着点点白莲花

围栏公路隔开了“牛郎织女”

给中华对角羚一个自己的家

和有关团体组织开展了“拯救中华对角羚”宣传签名活动。

2006年8月，《人民日报》记者张意轩，在“西部行”采风活动中来到青海，听说中华对角羚的故事后，采访了我。8月29日，《人民日报》海外版刊登了她撰写的《拯救中华对角羚》一文。文章从对我的采访开始，用《草原上跳跃着点点白莲花》《围栏公路隔开了“牛郎织女”》《给中华对角羚一个自己的家》三部分，写出了中华对角羚的生活

习性、稀有程度、面临困境，呼吁“给中华对角羚建立自然保护区”。

不久，中华对角羚的名字相继出现在《人民日报》《中国国家地理》《中央电视台》《东方卫视》、新浪网、新华网、东方网等各种媒体上，并被制作成邮资明信片和宣传广告。

为进一步宣传、保护中华对角羚，经周密思考，我撰写文稿，发出了将中华对角羚作为“环青海湖国际自行车公路赛”吉祥物的建议。建议中提出：中华对角羚时速高达70公里以上，相向对弯的“V”字形犄角，既像自行车把手，又象征赛场上胜利的展示。环湖自行车赛吉祥物选中这一速度型野生动物，有着祝愿自行车体育运动快速发展的寓意，也完全符合“环湖赛”的“绿色环保、高速向前”的宗旨。另外，性情温顺，在群体活动中互助友爱，这种团结协作的精神，也承载着人们对环湖自行车赛这一体育盛会共同的美好愿望。特别是，中华对角羚栖息于荒漠和半荒漠的青海自然环境的典型地区，承载着高原生物顽强向上的精神，与青海人民在艰苦环境中顽强的生活、工作状态相呼应，应对了高原儿女在艰苦环境中积极进取的精神，也符合人文、绿色的环保理念。中华对角羚可以作为青海的野生动物代表、生物多样性省份的品牌吉祥物。

这一建议，得到了省市领导和社会各界的广泛赞同。2006 年，第五届环青海湖国际自行车赛组委会在省政府三楼会议室召开，并让我现场讲述将其作为环湖赛吉祥物的理由，听取我的建议后，组委会反复研究，将其确定为“环青海湖国际自行车公路赛”吉祥物。当卡通“多吉”形象的中华对角羚吉祥物出现在“第五届环青海湖国际自行车公路赛开幕式”上时，全场响起了热烈的掌声。

张海东　摄

3. 羚羊亮相

2005年3月4日，青海省电视台主持、编导兼摄像的张宾先生，青海广播电台经济栏目王越主任，青海电视台经济台的两名记者等与我去拍录中华对角羚。之前电视台曾多次出击，均没见到中华对角羚的影子。这次，让我当向导，再次碰碰运气。出发前一天，我告诉他们，为保证拍到中华对角羚，一要人少，二不能穿让野生动物敏感的红、黄等色彩鲜艳的衣服。他们完全按我的要求做了准备。

高原的春天姗姗来迟，进入3月，仍然寒气逼人。凌晨4点，我们从西宁出发。青海的冬夜十分漫长，道路两旁黑漆漆的，一片寂静。车灯的光柱，随着道路的起伏，忽高忽低地射向远方。经过两个小时的奔波，到达青海湖东岸时，天还没亮。在与为中科院考察记录中华对角羚的种群数量、行为习惯以及采集中华对角羚的粪便等工作的湖东种羊场青年牧工芦平会合后，我们首先来到青海湖东北部荒漠一带，踏上了寻找中华对角羚之路。

在高原荒漠上行走，如同在平原负重25公斤步行。在海拔3400米的荒漠跋涉，更让背着设备的我们感到每一步的艰难、每一脚落下的力量都会被沙土消减得无影无踪。

一阵寒风，吹到脸上，刀割一样地疼，套在身上的棉衣犹如一层薄纸，让人禁不住打了个寒颤。走过两公里路的稀疏草地，翻过三个山包，仍没见中华对角羚踪影，我有点儿着急，感到背上已经出汗。看看扛着 10 余公斤重摄像机的张宾，“怎么样，累了吧？”我轻声问道。“不累不累！”他连声回应。真佩服他的勇敢与顽强。“该有了啊！”我嘟囔了一句，真担心带他们白跑一趟。

我们在青海湖东北部荒漠一带寻找了一天，一无所获，第二天就来到鸟岛附近。在这里我们仅仅找到了中华对角羚的脚印，于是又转道小泊湖一带，继续寻找。

第三天，让这些新闻界的骄子尝到了沙漠之苦：寒冷、干燥、焦渴、迷惘……沙漠在一点一滴地消磨着他们的意志和精力。十几公里的荒漠跋涉，使他们一度产生放弃寻找中华对角羚的念头。就在他们感到无望，我也有些泄气的时候，我和芦平突然发现了呈枣状的中华对角羚的新鲜粪便。

3 月 6 日，就在出发后的第三天上午，我们沿着脚印，刚要越过小北湖东部的山梁，突然听到“咩”的一声，我兴奋地说了声“中华对角羚”，立即停下脚步，蹲了下来，示意大家不要说话，弓身前行。伙伴们个个展开笑脸，张宾更像打了鸡血，“蹭蹭”地向前蹿。我趴在山梁望去，前

边 180 米处 52 只中华对角羚正悠闲地吃草，初升太阳的光辉，照射在它们身上，中华对角羚就像镶了银边，漂亮极了。张宾侧卧着身体一阵猛拍，王越也不失时机地录着我们的谈话声、脚步声、喘气声，艰辛的跋涉终于换来了收获。

这一发现不仅让张宾和王越完成了采访任务，而且拍摄到的画面内容，还能为研究中华对角羚提供重要的影像资料。这也让我这个拍摄了 10 年中华对角羚的人惊喜不已，因为这是我首次发现这么多的中华对角羚，收获的喜悦让我们都忘却了连日来的疲劳。

下午，我们在 1 公里外的洼地里又拍到了 13 只一群的中华对角羚。离开青海湖畔时，夕阳的余晖洒在荒漠之上，荒凉的美却让我们的心久久不能平静。

回西宁路上，我们个个疲惫不堪。张宾、王越二人，幸运地一次就成功地拍到中华对角羚的视频，激动万分。张宾感慨对我说：“仅一次拍摄，我们已累得死去活来，而您已经坚持了 10 年，常常孤身一人，我切身体会到了您作为摄影人的坚持和不易。拍摄野生动物，如大海捞针，如果不是您的带领，付出再多的辛苦，拍摄任务也难以完成。”

第二天，中央电视台新闻联播节目，播出了题为《国家一级保护动物中华对角羚在青海湖东岸现身》的视频。中央人民广播电台也播发了王越制作的现场感极强的广播节目，使全国的普通百姓也了解了中华对角羚。

2006 年 7 月 26 日，国务院新闻办公室、青海省人民政府、中国摄影家协会共同主办的首届“三江源国际摄影节”在西宁市开幕，来自世界各地的摄影家参加了这一影界盛事，我的《中华对角羚》作品，吸引了诸多嘉宾驻足细看。这次摄影节上，我的组照《环保纪实》获得金奖。

好消息接踵而至，让我感到十分幸福和快乐！想起拍摄过程中那些披星戴月的旅程，风餐露宿的感受，茫茫大漠的觅踪，无垠草原的寻找，爬冰卧雪的等候，风湿病痛的折磨……为环保而拍摄的我，初心不改，终于让世人了解到了中华对角羚，我觉得所有的付出就是一个字“值”！

4. 天道酬勤

2013 年 6 月中旬一天，我陪同北京来的客人去看中华对角羚。蓝天上，白云翻滚；草地上，野花飘香。成群的牦牛、绵羊好似黑、白云朵在碧绿的海洋中流淌。望着这些自然美景，客人心醉了，脸笑了，我亦兴奋不已。在海晏县甘子河乡，我们邂逅了 14 只一群的中华对角羚。客人望着这些青海湖畔的“国宝”，接连说“甚好，甚好，此行不虚”。随后，我们又在刚察县哈尔盖镇东部的国道旁，看到了零星的中华对角羚和一个 20 余只的中华对角羚种群。客人喜出望外，摇下车窗，不停地拍摄，他们心满意足地要从这里再去祁连。

分手后，我们正准备返回西宁。北方的黑云突然翻滚而至，随着“轰隆隆”，一声响雷，大雨顷刻如注。“我们回吧？”说话间，司机就要掉转车头。“等等，这是阵雨，雨过之后，应有彩虹。”我连忙说道。我们在车中等了约 40 分钟，风停了，雨住了，太阳从云中露出笑脸，一道彩虹悬挂东方天际。“看，彩虹，您说对了！”司机笑着说，“您咋不拍啊”？“要有几只中华对角羚就好了。”我端着相机说。

说话间，三只中华对角羚走到了彩虹的方向，我举起相机，按下快门，“彩虹映羚”的图片诞生了。

也许是我的运气好。人们说，好运气，总是会光顾那些有准备的人，就“彩虹映羚”照片本身，也应是在野外

长期观察天气变化积累经验的结果。当然，一些所谓的“好照片”，大都是用时间“等”来的，用不惧生死“换”来的，背后充满鲜为人知的艰辛。

有人说，拍摄野生动物是摄影当中最艰苦、最危险、难度最大的拍摄，我认为，也是最幸福的拍摄。从事环保志愿行动 20 多年来，为了追踪了解青藏高原野生动物的生态活动，我先后 260 多次奔赴距西宁 200 公里的青海湖、25 次走进三江源、14 次远涉可可西里无人区，行程 10 万

多公里。在青海浩瀚的大地上，经常身背十多公斤重的器材，在高海拔地区艰难跋涉；也在山区泥泞的小道上，在大片的沙漠上，深一脚浅一脚地挣扎前行；有时候走一步，停两步，气喘如牛。在海拔 4300 多米的荒无人烟的沼泽地陷入过；掉进过零下 20 多摄氏度的冰窟窿；遭遇过群狼的环伺；在海拔 4800 米的高山奔跑追拍，因缺氧几乎窒息，数次与死神擦肩而过……

虽然吃了不少苦，受了不少罪，更多的是收获着野生动物大量增加带来的喜悦，拍摄到野生动物生动画面产生的兴奋，融入大自然之中的幸福！就像摄影人说的那样，要走世上难走之路，才能拍出世上难得之景。如今，我已积累了 20

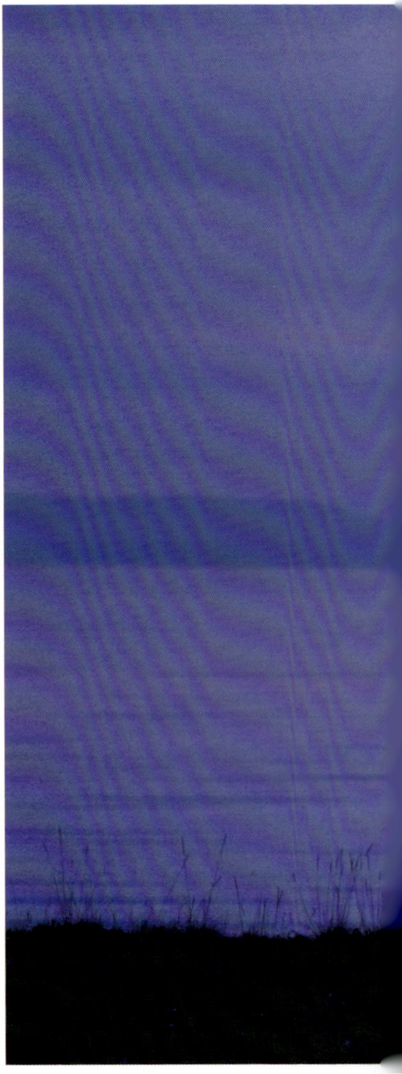

首届环湖电动汽车挑战赛

吉祥物定为中华对角羚

本报讯（记者/张海虎）记者从首届环湖电动汽车挑战赛组委会获悉，活跃于青海湖畔的中华对角羚（普氏原羚）将作为环青海湖(国际)电动汽车挑战赛的标志吉祥物。

“赛事吉祥物选中这一速度型野生动物，完全符合青海生态立省的宗旨，有祝愿节能电动车快速发展的寓意，具有特殊的环保意义与地区意义。”青海省银监局原纪委书记、省摄影家协会副主席、青海湖国家级自然保护区特聘专家葛玉修说。

据介绍，中华对角羚是我国特有的羚羊种类，因雄羊长着一双相向对弯的犄角而得名。过去，中华对角羚曾有数十万只之多，随着人为因素和生态环境的恶化，数量急剧减少。目前，全世界仅存1000只左右，在《全球羚羊保护行动计划》中名列濒危羚羊类物种首位，属国家一级保护动物。目前，1000余只的中华对角羚仅存于我省青海湖周边地区。

2014青洽会
暨首届环湖电动汽车挑战赛
时间：2014年6月10日—13日
距开幕
还有8天

余万幅的摄影照片。

18年走遍大半个中国，在26个省、自治区、直辖市，我做了560余场环保公益讲座。只为传递生态文明理念，呼吁关注生态环境，保护野生动物。每当想为环保做一次实事，我就苦思冥想找办法，挑灯夜战写文章，四处奔走去游说，就是满头碰壁，仍痴心不改，坚忍守望。幸福伴着痛苦，快乐伴着忧伤。但是，游走大半生，归来仍是少年，就是初心不改、痴心不泯。

2014年，得知青海省将举办“环青海湖（国际）电动汽车挑战赛”的消息，我认为栖息在青海湖周边地区的中华对角羚是理想的吉祥物，便发出了将中华对角羚定为“环青海湖（国际）电动汽车挑战赛”吉祥物的建议，获得批准，精美的卡通形象吉祥物在开幕式一出现，立即受到来自各国选手的欢迎欢呼，这也算是另一种形式的“彩虹映羚”吧！

5. 省兽提议

世界上多数国家评选了国鸟，作为国家和民族精神的象征。我国也有部分省、自治区、直辖市评选了省鸟作为地方名片，却没有一个有省兽。从提高青海生物多样性省份知名度和影响力的角度出发，2017 年 6 月，我撰写了《关于将中华对角羚定为青海省省兽的建议》。我认为：生态文明是人类社会进步的重要标志。目前，青海无可替代的生态地位，引起了国家的高度关注，习总书记多次就青海省的生态建设提出要求，国务院 2014 年 10 月将青海省列入生态文明先行示范区范围。省十三次党代会强调抢抓生态

建设战略先机，努力建设“生态大省、生态强省”。

野生动物是生态环境的指向标，在生态立省的总体战略中，野生动物尤其是珍稀野生动物的保护处于突出的地位。国家一级保护动物黑颈鹤已被定为青海省省鸟。羚羊种类中长得最漂亮的中华对角羚，是青海省作为生态保护

标志物和品牌的不二选择。其作为我省珍稀野生动物的代表物种，主要具有以下突出优势：

（1）代表性。青海野生动物种类较多，具有代表性的珍稀野生动物有藏羚羊、野牦牛、白唇鹿、雪豹、黑颈鹤、中华对角羚等，均为国家一类保护动物。而中华对角羚是

其中数量最为稀少，栖息地最为狭窄，最容易受到灭绝威胁的野生动物。且中华对角羚形象俊逸可爱，奔跑迅速，栖息于荒漠和半荒漠的青海自然环境的典型地区，因而承载着高原生物顽强向上的精神，与青海人民在艰苦环境中顽强的生活、工作状态相呼应，恰恰对应了高原儿女在艰苦环境中积极进取的精神。

（2）唯一性。中华对角羚为中国独有，过去曾分布于新疆、宁夏、内蒙古、甘肃、青海等省区，现在青海是它唯一的栖息地，这是连大熊猫（四川、陕西、甘肃都有分布）都无法比拟的。而青海的其他珍稀野生动物都广泛分布于青海及其周边各省区，不具备这种独特性和唯一性。

（3）新闻性。中华对角羚仅分布于青海湖及其周边地区，曾仅有 300 余只。经过十几年的大力保护，现已逐渐增加至 1400 余只。充分显示了青海省委省政府以及相关部门和环保人士对保护中华对角羚所做的工作成效。另外，随着“中华对角羚”一名逐渐为社会各界接纳和认同，以及被认定为“环青海湖（国际）自行车公路赛”“环青海湖

（国际）电动车挑战赛”等大型国际赛事的吉祥物，中华对角羚的新闻价值越来越突出。

（4）神秘性。为什么中华对角羚会仅生存于青海湖及其周边地区？人们对它的关注还很不够，比如栖息地的更详细范围，中华对角羚从过去广泛分布于西北、华北地区直到今天濒临灭绝的生物学原因，以及中华对角羚自身的

生物学特性等方面，人们都还知之甚少。由于宣传不够，从全国以至于国际范围来讲，人们对中华对角羚的了解远没有对大熊猫了解得多，这些都亟待我们做进一步的工作。

青海省是一个野生珍稀动物十分富集的地方，1990

年省上已经把黑颈鹤定为我省的“省鸟”，如果再将中华对角羚定为青海省“省兽”，则会相映生辉，相得益彰，对于落实习总书记加强“民族自信、文化自信”的要求，会更有特殊意义。

我的建议 2017 年 7 月刊登在了相关刊物上。2018 年 1 月，省人大代表李永华、陈志、邓小川向青海省十三届一次会议递交了《关于将中华对角羚作为青海省省兽》的议案，扩大了该物种的知名度。

6. 成为中华对角羚代言人

2016 年 5 月，我应邀参加了青海省野生动植物保护管理局召开的“中华对角羚保护联席会”，与中华对角羚分布的三州（海北、海南、海西州）四县（刚察、海晏、天峻、共和县）林业部门负责人、青海湖景区管理局相关人员共商中华对角羚保护事宜。作为唯一非林业系统人员，我能出席如此专业的会议，深感荣幸。通过会议我对中华对角羚的分布和各地保护情况，有了进一步的了解和掌握。

聘书

经研究，特聘任葛玉修同志为青海省野生动植物保护协会资深会员、中华对角羚代言人。

青海省野生动植物保护协会

二〇一六年七月十四日

2016 年 7 月 14 日，青海省野生动植物保护管理局局长王恩光、青海省野生动植物保护协会常务副主席兼秘书长董德红为我颁发了“资深会员、中华对角羚代言人”的证书。接受证书的那一刹那，我感到了认可与肯定，更感觉到了责任重大。

2016 年 8 月 2 日，我应长沙海关邀请，赴湖南做生态环保公益讲座，才气过人的湖南省金融作家协会主席胡玉明，副主席、红学研究学者杨正华闻讯赶来，听课助阵。

玉明主席在说明中写道：葛玉修是拍摄普氏原羚影像资料的第一人。当他了解到普氏原羚是以沙俄职业情报军官“普尔热瓦尔斯基”的名字命名，而普氏不仅大肆掠夺我国西夏文物，还凶残杀害我国同胞后，他强烈主张：“中国独有的羚羊物种，应该拥有一个中国的名字。”如今，因葛玉修奔走呼号和大家共同努力命名的“中华对角羚”，不再鲜为人知，而是越叫越响。

杨正华是很有影响的湖南作家，他对古典文学有深入的研究，散文也写得很不错，已经出版了两本散文集。尤其在红楼梦研究方面，有很深的造诣。我很感激他两次抽时间听我的报告，并和我面对面多次交流。

二人的诗赋相赠，情真意切，令我感动！只是溢美之词过多，实属惭愧。

2018 年 1 月 17 日，我自费参加了中国野生动物保护协会在福建厦门召开的第五届全国会员代表大会第二次会议。在会上，当选为中国野生动物保护协会理事，身为“土八路”的我，

今版人物 /B5

仅在青海生存的中华对角羚是比大熊猫更为稀少的野生动物，其生存环境日渐恶劣，作为一名金融工作者的葛玉修利用业余时间为保护中华对角羚四处奔波呼吁

葛玉修：中华对角羚的守护者

进入专家学者云集的理事会，是幸运，是肯定，更是沉甸甸的责任。

会议期间，我演示汇报了生态环保课件，赠发了中华对角羚科普画片，受到了大家的热情鼓励，感到由衷的鼓舞！

人民日报

180余次去青海湖，19次到三江源，5次深入可可西里

葛玉修 青海湖畔守护者

身边的感动

People's PHOTOGRAPHY 人民摄影

葛玉修 让中华对角羚走向世界

传递环保

民间环保人士，想以一己之力，做件事情面临着很多挑战。而媒体的传播和影响力大。在我与中华对角羚相伴前行的日子，借助媒体，传递生态保护理念，保护野生动物，使中华对角羚远播海内外，幸福之感油然而生。我的生态环保行动能得到社会认可和支持，也给了我信心和力量，成为我多年来砥砺前行的动力。

1. 传递圣火

我在报刊上发表的呼吁保护中华对角羚及野生动物的文章、图片，引起了媒体关注。新华社青海分社记者吕雪莉多次深入采访，撰写了十余篇有关中华对角羚的文章。《青海日报》、《西海都市报》、《西宁晚报》、青海电视台、青海广播电台等媒体时不时登载、播发有关中华对角羚的消息，中华对角羚的形象渐入人们脑海。

经媒体推荐，2007 年 9 月，我与全国道德模范曹茜、走在新长征路上的火车司机蒋森林、优秀青年藏族演员尕藏吉去北京参加了中央电视台“联想奥运火炬手选拔赛决赛”。

参加决赛的选手，都是身怀绝技，经层层选拔出来的大腕高手。在央视直播现场，面对全国的电视观众，我演讲了与中华对角羚等野生动物的故事，播放了我拍摄的中华对角羚等 30 幅图片，受到现场观众的欢呼和称赞。跳水皇后高敏动情地说：“我相信葛老师在传递火炬的同时，会将生态环保的理念传遍世界。”

传递圣火，是我的梦想。我能成为一名奥运火炬手，既是一种荣誉，也是一种责任！我感到很荣幸和激动，我的家人、朋友、同事都为我感到自豪！

2008 年 6 月 23 日，奥运圣火在青海西宁传递的头一天，我与其他火炬手被安排集中住进西宁天年阁饭店，要为中国百年奥运传递火炬，心情激动得难以自持，几乎一夜没合眼：北京奥运会是中国人的百年期盼，中国成功举办奥运会，是东方文化和西方文化的融合，是人类文明的体现！明天我就要传递奥运火炬，梦想就要实现了！

张海东　摄

24 日早晨 6 点 45 分，我坐在通往传递点的车上，看着沿途群众雨中高昂的情绪和飘扬的国旗、五环旗形成的海洋，听着一阵阵“中国加油”“奥运加油”的口号声，眼睛湿润了，强烈感受到奥运的神圣、祖国的伟大！也由衷感受到所肩

负的责任！

我是西宁区的倒数第3棒火炬传递手，传递地点安排在主会场即新宁广场入口处。在我的身边，是身着华丽民族服装、载歌载舞的少数民族同胞，他们在为奥运欢呼，为我们加油。不远处，我的家人跳跃着呼喊。我的同事、朋友刘振林、徐静、王亚杰、程显晶等人打出了“葛玉修，您是青海银监局的骄傲！”“葛玉修加油！”的标语。看着这些，我心中涌起一阵阵感激！我要感谢联想、CCTV给我了这个机会！感谢领导、同事、家人、朋友以及广大网友对我的鼓励和支持！也感恩自己13年来利用业余时间关注、拍摄、宣传三江源生态环保，特别是为保护中华对角羚所做的工作！

点燃火炬的那一刻，让我终生难忘！以至于媒体采访时我激动得语无伦次。可惜跑步传递火炬的距离太短、太短！30多米，我跑完后感觉连5米都不到……不管怎么说，在传递火炬的同时，也将绿色奥运理念和生态环保意识，传遍了全国、传遍了世界！

传递奥运圣火，是我一生的荣誉，一生的骄傲！我为当天喝彩！我拍摄的中华对角羚还被制成了明信片，并与自己拍摄的4幅摄影作品和其他摄影者的195幅作品，布展于2008北京奥运会国家体育馆。

我认为，能成为奥运火炬手，是对我这个民间环保人士工作的最大肯定和鼓励！传递奥运圣火，传递奥林匹克精神，传播建设绿色和谐世界的理想，以自己的人生经历为奥林匹克圣火增辉。我当时想得最多的是，传递火炬，是我在生态环保路上的新起点，我将继续努力前行。

2. 接受外媒采访

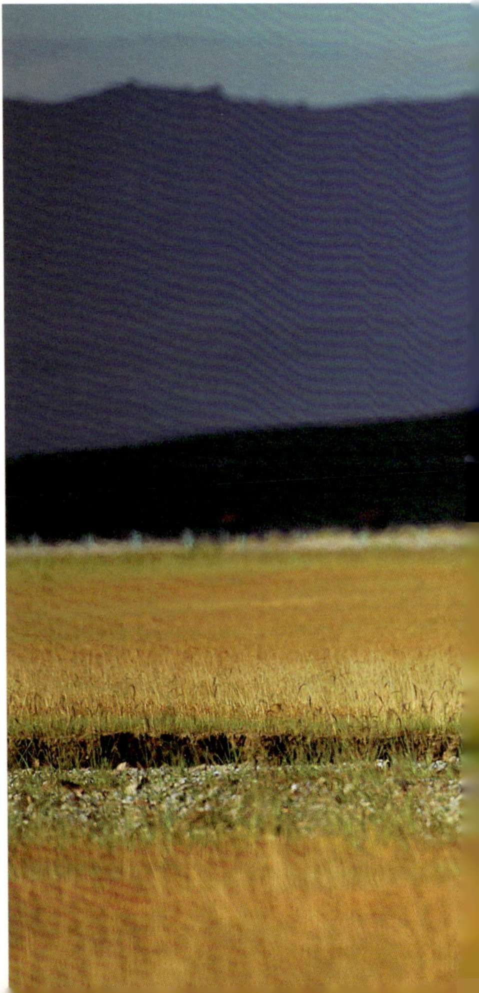

2007 年 10 月的一个周四下午，乘车前往乐都的我，接到一个陌生女子的电话："您是葛玉修先生吗？""我是美联社的记者。""我们要采访您，什么时候有时间？"我回答："只有周六、周日。"在对方回答"好"后，我冷笑了一下，"忽悠谁啊，明明来电显示是北京的电话，还说是美联社，准是骚扰电话。"我心中想道。第二天，北京的电话又来了："葛先生，我是昨天给您打电话的美联社记者，

我们明天去青海采访您。”“糟了，是真的！”我心中着急起来。连忙说：“不行，接受外媒采访要审批的。”对方答：“你们国家明文规定，奥运会期间只要本人同意，就可以采访。”“我们已经买好明天的机票。”听到这里，我急得直冒汗，

立即给我的工作单位青海省银监局的局长打电话。局长说，这事得请示银监会。于是，一纸请示传到北京，半个小时后银监会办公厅答复“可以接受采访”。

周六的上午，我忐忑不安地到机场，举着标牌接人。出乎意料的是，两位年轻的女子向我走来。原来她俩一个是北京人，一个是香港人，北京人负责沟通联系，香港人何女士负责编导、摄像。她俩都是美联社北京分社的员工。当天，我们就赶到了青海湖海拔3200多米的中华对角羚栖息地。气温在零摄氏度以下，她俩跟着我的脚步进行拍摄。

在我传递火炬的当天，何女士在电话中告诉我，“葛先生，太感谢您了，本来计划拍摄一周，在您的积极配合下，3天就完成了。我们老板高兴的是，CNN、BBC其中一家播出都是成功，今天两家同时播放了我们为您拍的《一个人为生态环保能做多少？》节目。”

在中国西部的青海省，一个业余摄影家正用他的镜头和网站保护着一种濒临灭绝的物种。

过去的11年，葛玉修一直在拍摄中华对角羚（普氏原羚）——一种在中国最大的内陆湖青海湖所特有的濒危动物。

这几百只在青海湖生活的是世界上仅有的，使中华对角羚（普氏原羚）比大熊猫还要珍贵。

尽管中国政府说中华对角羚（普氏原羚）的数量从20世纪80年代以来一直在增长，但这种物种仍处于危险之中。2000年，它在中国被列为15种最珍稀的动植物之一。

中华对角羚（普氏原羚）曾经生活在群山之间的平地和盆地间，以及环青海湖的半干旱地区，而现在，他们在青海湖边的草场生活。

这种动物以一位俄国探险家的名字命名，这位俄国探险家发现了这种带着对角的羚羊，并在1875年把它带回了圣彼得堡。

葛玉修第一次见到中华对角羚（普氏原羚）是在1997年11月，他说他看到时极其兴奋。

"当我在拍天鹅时我发现了7只中华对角羚（普氏原羚），我特别兴奋！"他说。

这位54岁的业余摄影家在政府银行监管部门工作，但花费大部分业余时间在青海湖附近拍摄野生动物。

过去11年，葛玉修拍摄了4万多幅野生动物的照片。这是他一人承担起来的使命——提高公众对保护野生动物的意识。

他也在报纸、杂志、个人网站上写文章，告诉公众中华对角羚（普氏原羚）的面貌、行为特征，让大众行动起来保护最后的不太为人所知的哺乳动物。

葛玉修说："如果你不更了解它，就不可能去保护它。所以我拍了很多细节性的照片给观众展示，使他们认识它，从中我也了解了更多的细节，使我的文章更可信，细节是我照片的灵魂，我将继续这样做。"

青海湖北部一片近160平方公里的区域是大约一百只中华对角羚（普氏原羚）的家园，这片区域曾经属于游牧民，而现在专门让出来保护这种珍稀动物。

尼玛才让是一位当地公安，专门负责与偷猎者斗争，保护这一生物。

"这片土地在游牧民离开后专门用来保护中华对角羚（普氏原羚）的，我的责任就是阻止任何人和偷猎者打扰这种动物。"这位保护区的守卫者说。

中华对角羚（普氏原羚）曾经分布广泛，自从20世纪60年代偷猎者为了取其肉皮而猎杀它们，近来珍贵的草场资源又被300万牲畜侵占，现在只有不足100只存活。

在当地有50万人靠放牧生活，但过度放牧使脆弱的草场资源已超沙漠化，高原被破坏，中华对角羚（普氏原羚）的食物也渐匮乏。

曾经一览无余的高原风景，现在被铁丝篱笆和道路交

叉分割。

中华对角羚（普氏原羚）比很多食肉动物（如狼）跑得快，但现在遍布的铁丝篱笆增加了它们被捕食的危险。

1996年，国际自然保护联盟宣布它为处于灭绝高风险的动物。保护组织预测，成年中华对角羚（普氏原羚）只有不到250只，并且它们中的1/4在3年内也许就会灭绝。

中国科学家蒋志刚自1994年就在监测、研究中华对角羚（普氏原羚）。蒋志刚说土地利用是保护动物的主要问题，他在呼吁在这种珍稀动物灭绝之前给它更多的保护区域。蒋志刚说：“保护动物和人类经济社会发展是一种对立，但如何化解矛盾在于我们。多少土地需要作为保护区，多少土地需要用来经济社会发展，是目前保护中华对角羚（普氏原羚）的核心。”

这位世界知名的科学家同样表扬了葛玉修的工作，说他在保护中华对角羚（普氏原羚）方面起着积极的作用。

对葛玉修来说，他相信人与动物可以和谐相处。

“只要野生动物在，人与它们、它们与人就都是朋友，这个世界才会变得更美好。如果只有人类生存而没有它们，世界是无意义的。”他说。

葛玉修作为一名火炬手参加了周二（2008年6月

24日）在青海西宁进行的火炬传递，他说他将继续他为保护这种动物而进行的拍摄和宣传工作。

何女士所写新闻稿和制作的节目，正值奥运火炬传递之时，令中国和世界瞩目，在这个节点上的宣传，无疑使中华对角羚从国内走向了国外。另外，报道把中华对角羚放在前面，普氏原羚放后边的括号里，是对中华对角羚最有力的宣传。

2013年9月，我随青海省文联组织的《大美青海　美加行摄影展》到了美国。影展过后，美国出版的中文报纸刊文《大美青海摄影展展示青海特有风光》报道，其中写道："代表团中的中国摄影家协会会员、知名民间环保人士葛玉修，将相关摄影作品配合文章发表，呼吁环境保护。葛玉修说，目前中华对角羚的现有数量仅有近千只，比大熊猫的数量都要少，青海的环境保护受到了高度重视，青海湖的水量已经有了较好回升。"至此，中华对角羚的形象再次传递到异国他乡。

3. 出镜山东卫视

我老家山东的父老乡亲，一直关心着在外地的游子。他们通过媒体了解到了我在摄影和环保领域的事迹。2009 年 4 月，山东卫视的编导娄雪玲及摄像傅立新两人来青海，要以我寻找中华对角羚的事迹为主题，录制一期 30 分钟的专题节目。

这是继山东卫视《天南地北山东人》栏目刘彦臣 1998 年为我录制节目后，家乡电视台再次为我这个在外地的游子鼓劲加油。

第一次见面，娄编导就告诉我，她已经在微博、报纸等各种媒体关注我很久了，我的执着深深地打动了她和栏目组，这次能来采访拍摄，十分高兴。

为了拍摄好这期节目，娄编导做了很细致的采访，我的领导、同事、朋友和当地保护站的工作人员，她都一一认真沟通和采访。当得知这些年，为了拍摄到中华对角羚，我经常自己一个人“打的”到青海湖蹲点守候，她专门通过青海交通广播电台，找到多次送我拍片的出租车司机祖师傅，并请祖师傅再次凌晨出车，还原我租车去青海湖拍摄中华对角羚的经历。

因为体质的原因，在西宁时，娄编导就因为海拔高有些不适应，再要去海拔 3000 多米的青海湖拍摄，我非常担心她的身体，因此十分不赞成，一再劝说她放弃在青海湖的采访；但是娄编导和摄像傅老师非常坚持，认为只有真实地呈现我平时的拍摄状态，才能让观众真正了解我所拍摄的意义，真正了解中华对角羚的珍贵。

凌晨 4 点，我们从西宁出发到青海湖东岸的中华对角羚栖息地。黑漆漆的夜晚，娄编导、傅老师和我一起蹲在沙漠里，静静等待中华对角羚的出现。

4 月的青海，天气依然寒冷。海拔 3200 米的青海湖的凌晨，寒气逼人。他们两位冻得浑身发抖，却依然认真地和我一起隐藏在沙丘后面，静静等待精灵们的出现。

好在，功夫不负有心人。天刚刚蒙蒙亮的时候，这里的中华对角羚似乎知道有人在等待它们，非常配合地前来“赴约”。这令娄编导、傅摄像欣喜若狂，他们拿着摄像机小心翼翼地追随着中华对角羚拍摄，既兴奋拍摄到了中华对角羚，又生怕打扰这些可爱的精灵。

有几次，习惯了在青海湖边奔跑的我，拿着相机就往高处跑，想要拍更多的照片。他们两个也扛着摄像机紧紧

祖宇乐 摄

跟随我。原本就在高海拔地区，又拿着沉重的设备，我能清楚地听到两个人跑了几步后，因为高原反应大口喘粗气的声音。即便这样，两个人还是坚持完成了我与中华对角羚的外景拍摄，还在青海湖边进行了现场采访。

我当时非常感慨他们的敬业态度，但是娄编导说，“如果没有这一次经历，我可能对您的事迹只是流于表面的感动，但是这次亲身经历了才知道，您这些年的执着、坚韧和付出是多么的不容易！”

娄编导录制的《寻找高原神秘“精灵”》于2009年4月22日的“世界地球日”在山东卫视《说事拉理》播出，该节目取得同时段收视率第一的骄人成绩，播出之后引起了强烈反响。

2018年7月，山东卫视全新环保题材节目《美丽中国》摄制组来青海为我录制节目。这是家乡卫视第三次为我而来，他们这次接受环保部项目后，又一次选我充当《美丽中国》节目中的嘉宾，而且由刘明晓总导演亲自带队前来，怎不让我异常感动！

在我感恩故乡的同时，尤被这4个小老乡所感动。他们因水土和高原反应当天晚上集体腹泻。特别是腹泻一晚上，且发烧吃不下东西的刘总导，整整驾车一天，在刚察挂点滴到深夜11点，第二天又驾车上了路……三天中，这些80后、90后的年轻人，每天只睡三四个小时，常常反复四五遍录拍一个镜头，直到满意。

他们不仅远赴青海精心录制了外景，还将我请到山东卫视演播大厅，与主持人、现场的观众和年轻大学生对话，甚至赶到西安采访了我40年前的老首长——丁光荣。当大屏幕出现这位96岁的老八路的亲切面孔时，我禁不住潸然泪下。该节目开播后，产生广泛影响。12月7日，国家新闻出版广电总局在北京为《美丽中国》召开了研讨会，参会的总局领导和专家学者高度评价《美丽中国》,称其“打造了现象级的传播事件”。

丁光荣老首长在荧屏中的出现，令我大为吃惊。原来，摄制组在我家拍摄时见到了老首长给我写的亲笔信，刘总导饶有兴趣地拿起来看了看，刘总导随手拍了一张照片。尔后,（瞒着我）电话通知在另一个摄制组照着他拍摄的照片地址，赶到西安找到了丁光荣老首长，这才出现了老八路评价我的镜头……

三次录制电视专题,《山东人》《齐鲁名人》《齐鲁英才》杂志的长篇报道,以及入选齐鲁英才“十佳人物”。通过我，也让家乡的父老乡亲认识了中国青海这片遥远广袤的土地，认识了青海的诸多野生动物，认识了需要保护和挽救的中华对角羚这一野生动物，也传递了生态环保理念。

4. 青海广播电视台采访

青海的媒体时刻关注我、支持我、鼓励我在环保方面的努力！最早在1997年,青海电视台《五味人生》栏目就为我做了专题。1999年青海卫视文艺部李世东为我拍了20分钟的纪录片《走在路上的葛玉修》，节目播出后广受称赞。我至今还清楚地记着李老师提着沉重的摄像机，弯腰拍我走在青海湖冰面的镜头、录着冰凌破碎声音的情景。

2011年，青海广播电视台《感动青海》栏目制片人颜女士与我联系，说要对我进行一次专访。她在我们单位采访得很细，采访了上至局长下至一般员工，以及我的家人和朋友。这时我才发现，气质优雅、娴静的她，扛起摄像机、拿起话筒，活脱脱一个女汉子。她曾下过矿井、走进工厂流水线、去过留守儿童家、到过福利院、爬过昆仑山、蹚过刺骨的冰川河，被评为“向上向善好青年”，受到团省委的表彰。她说是被我的执着和大爱所感动，原计划做一期节目（10分钟）。越拍越感觉内容多，竟然做了三期。当她在采

访中，第一次知道青海有一种叫中华对角羚的世界濒危物种，表示作为本土媒体记者，都不知道有如此珍贵物种，感到惭愧。

2012 年起，她带着我的中华对角羚照片做生态环保演讲时讲述了我的拍摄故事。她说，为了拍摄到中华对角羚最真实的画面，葛老师常常风餐露宿，在草原趴上几天几夜，他希望通过自己的镜头，让全世界的人都知道我们国家的中华对角羚，保护好这一物种。通过演讲，她也希望把环保传递给更多的人，让我们的子孙后代，与这些精灵和谐相处，同生共长。

5. 连上央视

2003年9月，我应中央电视台10套《讲述》栏目邀请，到北京录制节目，那是我第一次亮相中央电视台，接到中央电视台的通知，心中激动难以言表。节目顺利录制、播出后中华对角羚的图像开始进入全国人的视野。

2010年3月25日，中央电视台科技频道邀请我与中国林业科学院李迪强研究员做客“百科探秘”，录播了“走进中华对角羚”和“保护中华对角羚”节目，为中华对角

羚做了强有力的宣传。

2010 年 12 月应邀到北京参加了央视网《华人面对面》栏目采访。面对镜头，我展示了中华对角羚和青海湖鸟类的图片，讲述了拍摄高原精灵的点点滴滴，竟让在场的编导、摄像、杂务泪流满面。

2013 年中央电视台数字频道的纪录片栏目组，以我扎根青海几十年保护野生动物，一腔热诚投身于第二故乡保护青海生态的经历为故事主线，拍摄了“故乡故土故人”为主题的纪录片。随后，应中央电视台综艺频道《星光大道》的邀请担任了月赛的评委。

2017 年 8 月，中央电视台要组织一套大型地理文化节目《绿水青山看中国》。节目由撒贝宁主持，央视“百家讲坛”著名主讲人郦波、蒙曼、张杰、王立群担任点评嘉宾。节目在全国选拔 81 名选手参加地理文化比赛，我，是他们选定的选手之一。

《绿水青山看中国》如期录制，我应邀到了北京。大投影出现了我拍摄的图片，撒贝宁煞有其事的介绍他拍摄这张图片的经过，一位选手立即质疑图片不是撒贝宁拍的，小撒故意狡辩，在选手再次质疑下，撒贝宁最后只得说“算了、算了，还是请作者上场”。在大家的热烈掌声和期待眼神中，我走上前台。当我要自我介绍时，撒贝宁以“不用，不用，全国人民都知道你”的调侃，开始了我俩 9 分钟的互动。5 年前，撒贝宁曾来青海为我录制节目，这次重逢，减轻了我一些心理压力，尽情介绍青海的生物多样性，介绍中华对角羚的珍稀和特征，并请选手在“中华对角羚、

羚牛、藏羚羊”三张图片中选出中华对角羚。选手们争先恐后按键抢答，点评嘉宾蒙曼、张杰也参与其中。

该节目在央视一套晚9点黄金时段播出后，又在央视10套、4套、13套多次播出，让中华对角羚的形象广为人知。同年的12月13日，《人民政协报》刊登了时任青海省政协副主席鲍义志先生长篇配图文章《嗨！中华对角羚》，进一步加深了中华对角羚在人们心目中的印象。

10 人民政协报

嗨！中华对角羚

2018年1月14日，央视《正大综艺　动物来啦》播出了我提供的中华对角羚的图片。同年4月23日，中国野生动物保护协会，在微博和微信公众号刊登了王黎奎撰写的《守望绿色家园，谱写生态美篇》一文中多次出现中华对角羚的图片。

2018年10月5日，中央电视台《朝闻天下》栏目播出了“不负好时代”专门为我录制的“庆国庆”公益节目。

反映我和中华对角羚的这档仅有一分多钟的节目，经多频道反复播出，“中华对角羚”由过去的不足 300 多只，恢复到现在的近 3000 只，所传递的青海生态环境明显好转的信息，被全国人民所得知。

6. 最美青海人

为充分展示青海省公民思想道德建设丰硕成果，在全省进一步树立自信、开放、创新的新青海意识，进一步唱响“最美声音”，体现“最美现象”，倡导“最美精神”，青海省精神文明委员会于2013年5月组织开展了“最美青海人”评选活动。经逐级推荐、组织审核、群众投票、社会公示和组委会评选、综合评定等程序，省文明委决定授予吴天一等18名个人和国家电网青海省电力公司海西供电公司祁萍服务班等2个集体“最美青海人”称号。我有幸当选首届“最美青海人”。参加了青海省文明委2013年12月25日下午在西宁宾馆会议中心召开“最美青海人”表彰大会。

2019 年 6 月，我又被国家生态环境部、中央精神文明建设指导委员会授予 2019《美丽中国 · 我是行动者》百名“中国最美生态环保志愿者”。

能获这些殊荣，心里也是百感交集！

我出生在山东曹县县城的一个普通家庭。入伍以后，党的培养，部队的教育，使我入了党，从普通一兵，后来当上了军官。是部队严格的训练和培养，锻炼了我健壮的体魄，钢铁般的意志，铸就了我的党魂、军魂。转业到地方工作以后，除努力做好本职工作外，我一直坚持在部队的摄影业余爱好。

20 世纪 80 年代初，一部海鸥双镜头相机起头，“诱”

使我登上了摄影的“魔船”。像所有摄影人一样，我“自投陷阱”而不能自拔。在“乘船”还是“下船”的思想撞击中,航行至今,乐此不疲。

在 20 世纪 90 年代，我开始拍摄野生动物，这是我生命当中的一个偶然。现在看来，好在我坚持下来了，而且从开始就关注了死的伤的鸟儿，甚至写了不少文章，意在引起人们的关注，加以保护。与个别摄影人的半途而废，仅仅拍摄最美丽的野生动物瞬间相比，我是执着的，更是幸运的！

有人在文章里称我是“青海湖鸟王”“中华对角羚之父”，那是人们对我的抬爱。我只是拍青海湖鸟儿的摄影人之一，比别人强不了哪儿去，只是拍青海湖的鸟儿早一点儿而已。

媒体的报道，让我和中华对角羚一起出了名。这固然是对我在生态领域所做工作的肯定，但根本原因却是国内、国际生态环境保护大势所趋，是党和国家生态文明建设战略所造就的，正可谓“好风凭借力”“时势造英雄”。

自己也并非“英雄”，只是在传递生态环保理念，播撒生态环保的种子，国家和社会给了我那么多荣誉。媒体的宣传，耀眼的光环，是动力，更是压力。一个普通人的身躯，承载有限，唯有坚持，才堪负重前行！由此，我也明白：所谓“最美”，就是当我为自己所爱全身心投入、哭着努力的那个时刻，也许就是我最美的时刻。

守望羚羊

二十多年来，我将全部心思放在中华对角羚等野生动物宣传保护上，一路前行，两肩风霜。现在已经奔七，虽然已过了拍摄野生动物的黄金年龄，但爱羚、护羚、守羚之志越加坚定。我正努力跟上时代脚步，以新的形式继续守望羚羊……

自己常年与家人聚少离多，心怀内疚，却特别希冀家人的理解、参与和子孙后代的薪火相传……

1. 家人支持

我几乎占用了所有的业余时间，包括节假日，只要天气还好，就出去拍摄，经常是顶着星星走，伴着月亮回，甚至在外边住上多则六七天、少则一两晚。节假日很少有与一家人待在一起享受天伦之乐的时光，我自己常常怀着愧疚之心，尽可能做一点家务。我知道这根本弥补不了我

总不在家所造成的家庭缺失。但值得安慰的是家人很少责怪我为家庭付出太少，对我的拍摄和在环保方面所做的努力一直高度关注，分享着我的快乐，分担着我的忧伤，对我的包容和理解，以及默默的支持，使我常常心存感激，这是在摄影和环保道路上不断前行最有底气的动力。

平时，我也会找机会陪着妻子儿孙到现场去感受我拍摄的快乐。2007年12月的一个星期日，我带女儿葛健去拍摄中华对角羚。

凌晨4点多。夜的静谧，甚至可以听到周遭沉睡中呼吸的声音。我和女儿，早早起床洗漱，全副武装，轻手轻脚地出门。隆冬季节，寒冷并没有因为冬日的红火而退却多少。我们乘车出发，去“泉儿头”吃早点，这是我的老规矩。每次去青海湖拍片，早餐一定是在这里解决。似乎只有吃了热乎乎的肚丝汤后，才能有力气和热气去那海拔3000多米的高度上拍出好片。当然，这也算是一整天唯一的一顿“正餐”。

6点，许是第一次去看中华对角羚，女儿甚为兴奋。一路上，劝她几次她都没睡，不时看着还在熟睡中的城市，间或与我聊天。更多的，是在摆弄她手中的相机。

8点，天边开始有了一丝曙光，隐隐地，在深蓝色的天际透出一线橙色。车已经在路上走了3个小时，窗外的景色，早已从过度拥挤的城市到了高原上独有的苍茫辽阔。随着时针一点点地爬升，橙色逐渐铺满车后的半个天空，天气很好，空气清澈。当我告诉女儿马上就可以看到世界仅有的中华对角羚了，女儿乐滋滋地抿嘴一笑，我也心花怒放起来。车行进的道路，早已从一级公路“降级”到草滩。车开始沿着我们一次次往返中华对角羚栖息地压出来的车辙前进。

8 点半，司机已经开始减速，我示意女儿准备三脚架，戴手套，换镜头。我兴奋地说了一句：“中华对角羚，我带女儿来看你们了！”

越野车在离中华对角羚2公里的地方停了下来，我俩蹑手蹑脚地下车，连车门都不敢关，只怕声音太大，弯着腰，扛着三脚架前进。“爸，还没看见中华对角羚，咋就这样了？”女儿小声问我。我蹲下身来，告诉她：“中华对角羚非常机警，但凡看到有人接近或听到异常声音，会立马跑远。”说话间，我看见200米外的缓坡上，七八只中华对角羚低头吃草。便迅速支起三脚架，装上相机，调光圈，对焦，按动快门！看看旁边，女儿也在忙着拍摄。拍了一组照片后，我扛起相机，示意女儿跟着，我们慢慢地往前靠近。突然，一只中华对角羚抬头向我们的方向张望了一下后，停了下来，两眼直勾勾地望着我们。我立刻蹲下身子，一动不动。女儿也学着我的样子。过了一会儿，那只中华对角羚又低头吃草了，我俩又往前移动了50余米。继续拍摄。女儿为了拍得更好些，索性把三脚架丢在一边，又向前靠近了几米，趴在地上拍摄。

女儿起身的动作，引起了中华对角羚的警觉，它们停止了进食，齐刷刷地望着我们。一只羚羊开始跑动，其他几只跟着向山坡跑去。女儿举起相机，再次按下了快门……

四周恢复了平静，我们从拍摄的紧张状态下放松下来。女儿回到我跟前，不无歉意地说：“唉，是我惊动了它们。”看看刚才拍摄的影像，女儿露出了满意的笑容。这时，我才发现，艳阳高照，天空瓦蓝瓦蓝……

2009 年 8 月的一个礼拜天，我难得地陪妻子去看青海湖，看中华对角羚。老实说，我能数十年坚持做生态环保，离不开妻子的赞同、支持和“资”助。社会上有一种“要他倾家荡产，就给他一个单反（相机）”的说法，说明摄影是一种高档消费。特别是拍摄野生动物，需要好相机、长镜头，价格不菲。早些年，既要买胶卷，又要洗照片，对靠工资吃饭又供大学生的我们，的确有些捉襟见肘。常常是几元钱的一杯茶舍不得喝，数千元的镜头不皱眉。呵，喜欢是最大的动力，没办法，好这口！好在都得到了妻子批准！尤其是自己有空就外出拍片，她不仅要承担全部家务，又要为我的安全担惊受怕。为了表达敬意，我千方百计说服她去目睹一下我痴情的中华对角羚。

我一改天不亮就出发拍片的习惯，陪她 7 点钟从西宁出发。蓝天如洗，白云朵朵，汽车在天路之上欢快地行驶，曼妙的轻音乐伴随着朝霞滋润着我们的心田。为了消除旅途的寂寥，让她多了解一些中华对角羚的生活环境，我尽可能地述说着拍摄中华对角羚发生的逸闻趣事。过了湖东种羊场，汽车在低洼不平的放牧小路爬行，黄色的、紫色的野花在碧绿的草毯上怒放，一只云雀悬停在空中，欢快地鸣唱，正晒太阳的高原鼠兔，看见车来，急忙钻进洞穴……

"啊，好美！"坐了3个小时的汽车，有些疲惫的妻子兴奋地说道。突然，惊起的两只戴胜鸟，扑打着翅膀向前飞去，一直与汽车保持十几米的距离，足足伴飞了2公里。行进到沙漠边缘，我们下了车，徒步走向中华对角羚活动区。走了约1公里，6只雄性中华对角羚从右前方50米处跳越网围栏，奔向沙漠。"啊，快照！"在妻子的喊声中，我举起相机，按动了快门。"看，戴胜鸟为您带路，中华对角羚出来欢迎，您好威风！"妻子微笑着瞟了我一眼，我们继续前行。又走了2公里，只见20余只中华对角羚在一片洼地觅食，我顾不得选择，立即趴在地上举机拍摄。"我现

在知道你的毛衣为啥老是前胸先破了。”妻子半是心痛半是责怪地说。后来，我俩坐在草原与沙漠结合部的一个沙丘上，但见夕阳西下，霞光氤氲，湖光山色融为一体，令人仿佛置身于仙境之中，流连忘返。

回到西宁的第二天，妻子给我添置了护肘、护膝、遮阳帽等一堆户外用品。望着这次青海湖之行带来的“成果”，我高兴地喊道：“好，太给力了！”随后，她不仅为我定购

摄影包、镜头套，我每次外出拍摄，还给我准备上酸奶、大饼、巧克力……

陪家人外出拍摄，他们和我一样感觉到了大自然的美好，特别是看到我拍摄时的快乐，对我拍摄野生动物走环保之路，越来越理解和支持。我也对他们为我的付出和支持一直心存感恩。

2. 薪火相传

2017 年夏天，大女儿葛敏一家回西宁探亲。一个星期天，我让曾经两次看到过中华对角羚的女儿在家守小外孙女。我带着在西北工业大学教书的女婿杨帆和 8 岁的外孙杨景皓去看中华对角羚，坐着女婿的霸道车，望着窗外的景色，心中好惬意。

车过海北州府所在地西海镇，辽阔的草原展现在眼前，看见路旁的牦牛和羊群，“啊，牦牛，”小景皓喊了起来，“姥爷，快到了吧？姥爷，快到了吧？”他不停地问。“快了，快了！”我一遍又一遍地回答。

过了刚察县哈尔盖大桥，我们下了公路，进入中华对角羚特护区，沿着巡查路线继续前行。刚开进去 800 米，6 只中华对角羚公羊从车前 50 米的距离穿路而过，“对角羚、对角羚！”从图片和电视中已知道这种动物的景皓兴奋地喊道。他急着要下车，说是去追中华对角羚，被我拦住。告诉他，中华对角羚和所有野生动物都是需要保护的，可以远远观赏，不能靠近，更不能惊扰它们。景皓不情愿地说了一声“噢”。车辆在刚察县森林公安局修建的特护区监测台停下，站在 5 米高的监测台上，四周活动的中华对角羚尽收眼底。杨帆高兴地说：“爸，过去经常看到您照片上的中华对角羚，今天终于看到活生生的中华对角羚了！”景皓则吵着要他爸爸的手机，说要与爷爷、奶奶通话，分享他见到中华对角羚的喜悦。

景皓回到西安后，绘声绘色地向同学们讲了他看到中

华对角羚的情景，令小伙伴们羡慕不已。过了一段时间，他写的《我见到了中华对角羚》的作文在全班朗读：

前几天，我终于看到了梦中都想见到的中华对角羚。

中华对角羚，现存只有几千只，是世界上数量最少的羚羊，只生活在我国的青海湖附近。还是我姥爷最早拍摄到它的照片，给它起的名字呢！我姥爷是全国有名的摄影家，拍了几十年的野生动物，还上了好多次电视，就连中央电视台的撒贝宁都给他做过节目。

头天晚上，听说姥爷要带我和爸爸去看中华对角羚，兴奋的我一晚上没睡着觉。从西宁出发时，还满天星斗，到青海湖畔时太阳已经升得老高。透过车窗，我看到了成群的牦牛和绵羊，星星点点地印在地毯般的草原上。我还看到了好多漂亮的鸟儿，有一种叫“云雀”的鸟，叫声可好听了……姥爷一路上给我讲草原上各种动物的名字和习性，他可懂得真多啊！

到了哈尔盖镇附近，姥爷安静地注视着车外的草原，突然说：“景皓，快看，中华对角羚！”我睁大眼睛看去，只看到一片草原，“在哪里？在哪里？姥爷！”我着急地喊道。姥爷笑着说：“刚才有几只，已经跑远了。”我有点失落，心里想：“难道这就看不到了吗？”姥爷看看我答道：“别急，待会儿咱们停下车，你一定能看到。”

又走了一段，爸爸将车停在路边，姥爷带我们走进了一条草原小路，上了一个很高的台子，那是森林公安专门修建的野生动物监测台。我在台上眺望，“哇！姥爷快看，这些羊为什么都是棕色的啊？”“景皓，因为这些都是对角羚啊！”一听说都是对角羚，我立即睁大了眼睛！它们成群地在草地上吃草、散步，看着真悠闲啊！我还看见一只小羚羊跟着它的妈妈吃奶，真想摸摸它。这时，姥爷叫我：“景皓，快看那边……”我顺着姥爷手指的方向看去，远处有5只对角羚在奔跑，它们灵活地跑着，轻盈地跳着，快乐地玩着，真的就像精灵一样！看着它们自由自在的样子，我好羡慕啊！真想与它们一起生活、玩耍！

在回家的路上，姥爷和爸爸兴致勃勃地讨论保护野生动物的计划。等我长大了，也要像姥爷一样，成为保护野生动物、爱护生态环境的专家！

3. 影像留存

从拍到第一张中华对角羚照片开始，经过不间断的拍摄，我已拍了上万张中华对角羚的影像图片，为了使这些照片影像留存下来，经过选择，集成《羚动湖畔》画册，并同我拍摄的青海湖鸟类照片选集《鸟舞圣湖》画册共同集成《青海湖精灵》，2014 年由中国摄影出版社出版。该画册收录了 110 多幅中华对角羚的照片，从羚之境、羚之性、羚之季、羚之劫、羚之望、羚之类、羚痴，共 7 个方面，用图文形式，较系统地介绍了中华对角羚的物种、生活习

性、生存状态、生存环境，记录了它们的喜怒哀乐，以及我对中华对角羚的痴情和迷恋，这些图片不仅还原了一个真实的中华对角羚的传说，是我为中华对角羚呐喊、代言的一个缩影,也是作为环保主义者,向社会交出的一份答卷。我想让人们像了解非洲的野生动物一样，了解青海的野生动物其中的旗舰物种，并由此唤起更多的人对自然万物的关注、关心和保护。

在发行和捐赠仪式上，许多领导、摄影界同仁、各界朋友，到现场支持鼓励，令我十分感动。特别是会上称赞我“是当代中国具有道德良知的生态环境保护的行动者”。这一番话，是肯定，是鼓励，更是要求，至今言犹在耳。

山东商会代表刘德然在发布现场，对我表示衷心祝贺，并当场朗诵了赠我的《水调歌头》。

我将画册赠送给青海省图书馆、青海省档案馆、青海师范大学图书馆、青海省委党校等多个图书馆，青海师范大学环保组织蓝眼睛协会及海晏县牧民代表等机关单位、社会团体和个人，以回馈社会对我的帮助和支持。

北京大学教授、博士生导师、北大自然保护与社会发展研究中心执行主任、山水自然保护中心主任吕植为我的《羚动湖畔》画册赠言道：“葛玉修先生用手中的相机和心中的大爱向我们展现了普氏原羚（中华对角羚）的生命之美，我们的社会里需要更多的葛玉修，这将是这个濒临绝灭的动物的希望所在。”

《西海都市报》专刊部副主任、青年作家李皓撰文《与孤独的眼眸对视》中说：“我透过电脑荧屏，与那一双双眼眸对视，它们都是生活在这片土地上的桀骜抑或柔顺的精灵。我猜测着它们此刻的心情，我也揣度着摄影家将它们一一收入镜头时的那份愉悦，欣喜，激动……或许还有感恩。是的，我一直坚信，对自然的感恩，应该是一位钟情于野生动物摄影的摄影家应有的情怀和态度。”

《羚动湖畔》倾注了我多年的心血和汗水，我执着地去拍，但是还是没有拍好，画册亦不完美，因此，我还要

罗应刚　摄

继续努力去拍，无愧于社会媒体对我的支持。

2014 年 9 月 13 日，长江特种纪念邮票发行，我受青海省邮政公司、青海省集邮协会邀请参加发行仪式。这是国家自 2009 年发行《三江源自然保护区》特种邮票后，又一次发行的宣传我国水资源和生态保护的邮票。这对于素有“三江源头”“中华水塔”之称的青海，具有不同寻常的意义，必将为我省长江源头，以及整个三江源水资源和

生态的保护，起到十分积极的宣传和推动作用。

我拍摄的中华对角羚头像图上了首日封，与长江特种纪念邮票一并发行。我对集邮爱好者的寄予印在首日封上：

“在青海高原无私奉献 45 年的环保志士、中华对角羚之父葛玉修，致力宣传倡导江河源保护，期望着有更多的人加入保护母亲河——长江的队伍中，让我们的家园天更蓝，水更清，草更绿，万物竞自由，百鸟齐飞翔……”这在一定意义上说，也是一种影像留存。

也许是刚从三江源回来，连日辛劳，也许是幸福总伴随着痛苦，参加发行仪式站在主席台上的我，突然眼睛一黑，失去知觉后倒在地上。过了一会儿，我慢慢睁开眼睛，看到许多人围着我，有的在掐人中，有的给我喂水，我不知所措，“这是怎么了？”“您可醒来了，没事吧？”青海省

集邮协会秘书长刘德锦连忙说。

“我没事。”看看那么多人围着我，还有许多人在排队等我在首日封上签名，我边答话边挣扎着站起来，坐到为我安排的签字桌前，为一个又一个的集邮爱好者签名，一直签了一个半个小时。妻子打电话问我:“你怎么样？”“我好着呀！”我没事人似的作答。“行了吧，我都知道了。”

电话那头有些严肃地说。“噢，没事，现在好了。”我连忙笑着安慰她。“她不在现场，这么快咋就知道了？”我有点儿纳闷。后来我才知道，有人在现场发视频称“‘中华对角羚之父’晕倒在主席台上”，妻子看到信息后，连忙打来了电话。看来，当今时代，想骗人，都没得骗！

4. 制作美篇

社会在不断进步，传播手段也日新月异。使用美篇，像公众号一样发布图文并茂的文章，既能转发也能收藏，还可以在任意位置添加文字，随意调整图片和文字位置，甚至可以分享给微信好友、朋友圈、微博、短信上，的确是个好东西，是对传统传播手段的颠覆。我经常欣赏别人制作的美篇，自己虽想学，但想着太难，没敢问津。

为了提高宣传保护野生动物的范围和力度，我克服自己的畏难情绪，开始学做美篇。

这种年轻人分分钟都能掌握的时髦玩意儿，对我这个 A、B、C 都认不全的花甲之人，可谓“比登天还难”！为此，我请年轻朋友给我安装美篇软

件，一遍又一遍地向懂行的妻子请教。天生笨拙的我，在妻子一次又一次的指导下，学会了调图、配文、选音乐。基本学会做美篇后，我从自己拍摄的“海”量图片中选出78幅图片、资料，费了九牛二虎之力，终于编发了《期盼中华对角羚早日列入濒危物种保护成功案例》的第一个美篇。

美篇内容从拍摄的第一幅普氏原羚图片，公开发表的保护普氏原羚的文章，到为普氏原羚增加中华对角羚名字，以及呼吁建立特护区等方面，介绍了这一物种恢复发展过程。美篇在微信、微博发出后，读者众多，反馈迅速，大众接受程度高，一两天内，就有32000人阅读了美篇，200余人点赞，百余名博友、微友纷纷留言。

一位网名高山流水的微友留言：“了不起的坚守，了不起的收获，青海为你而骄傲，世界为你而仰目！”

一位曾在部队度过激情燃烧岁月的老兵留言说：“葛

玉修所取得的成就和对濒危物种的保护功不可没，图片和资料十分珍贵，吸引着世人的眼球，我为你喝彩和点赞，你更使我们这些曾穿过军装的老兵感到骄傲，也是我们学习的榜样！”

多年与我一块办网站、拍摄中华对角羚的邢合顺在青海卫视采访时说：“和葛玉修老师相识于鸟，结缘于中华对角羚。20年前，第一次和葛老师一起参加中华对角羚的考察、拍摄活动，就被他对野生动物的大爱深深感动。那是一种对野生动物发自肺腑的关爱，他是真的把野生动物看成是自己的孩子。正因为如此，野生动物不仅仅是葛老师生活中的一部分，也是他生命里的一部分。今天，在众多关心、关护、关爱中华对角羚的热心人士帮助下，中华对角羚的数量逐渐增加，正在摆脱濒危消亡的危险，我们应该记住，有一位老人一直在陪伴着它们。”

青海日报社原总编辑王文泸留言道：“让人在心旷神怡之中接受生态文化之熏陶。好形式，好效果！”

这些热情洋溢的留言是支持、是肯定、是鼓励，满满的正能量，令我感动、感恩！

我为掌握了一门“现代技术”，可以文图并茂地传递生态环保理念而高兴！也更加坚信“天下无难事，只要肯登攀”。

5. 另一种“抗疫”

新冠肺炎疫情发生后，全国立即进入了“战争（一级响应）状态”。大家在党中央的英明领导下，以各自的方式

投入抗疫斗争。我不是专业医生护士，不能冲在战“疫”最前线，但我是一名共产党员，抗疫，我要在自己的领域发挥作用。我认真整理图片、查找相关资料，编发了《“冠状病毒”再敲警钟！——珍惜生命，远离“野味”》《保护野生动物，就是保护人类自己》《保护野生动物，共建和谐家园》等抗疫美篇，提醒人们:敬畏自然，保护野生动物！

美篇及上述文章播发后，得到诸多热心老师和亲朋好友的转发、点赞和热情鼓励。中国绿发会公众号以《另一种抗疫方式：以前、现在、将来，都可以这样开展……》的文章，肯定了我的做法。人民网转发了中国绿发会的文章。中国生态文化促进会也编发消息:《抗击新冠疫情 绿色中国年度人物在行动》在信息平台播发，后被《今日头条》采用。青海《新视听》将文章与我写的美篇连接编发，进一步扩大了影响。

疫情期间，人和人之间要保持距离，但是不能失去联系，通过美篇使人和人之间没有距离。我庆幸自己掌握的这门“现代技术”，在尽可能的范围之内，宣传生态环保。

从 2020 年 3 月 9 日到 4 月 21 日，40 多天时间里，我用自己拍摄野生动物 25 年的积累，制作推出了“镜头里的 25 年”10 个系列美篇。宣传大美青海和大美青海土地上的野生动物。分门别类地用《葛玉修说青海》《青海湖——

环境篇》《青海湖——岛屿篇》《青海湖——动物篇》《青海湖——鸟类篇》《青海湖——中华对角羚》《仰望三江源》《致敬祁连山》《追梦可可西里》《传递生态环保理念》等篇章，回顾了25年拍摄的经历和感悟。

特别为中华对角羚制作了《青海湖——中华对角羚》美篇。美篇中，用45幅图片，说明了中华对角羚的保护和恢复。

一位网名“君子兰”的微友留言道：“通过大量的图片和资料，了解了中华对角羚的前世今生，葛老师不

张德海 摄

仅用镜头记录了中华对角羚，而且也记录了葛老师为保护这个物种，使这个濒临灭绝的物种得以保护和发展，这是功在当代，利在千秋的伟业。为葛老师点赞！向葛老师致敬！”

一位北京网名叫“自然之道”的微友留言道：“青海湖因为有了您格外有魅力，格外有吸引力！让我从看到您拍的鸟儿和中华对角羚时起就开始向往那个美丽而又神秘的人间天堂，感恩您的付出与分享！”

一位网名“西子”的微友留言说：“当您从 2002 年，第一次踏上七一路小学的讲台时，您就走向了一条普及生态环保之路！付出的艰辛与汗水无人能比，无法想象！”

刘晓萍　摄

一位名为张志琳的微友留言说："有幸聆听葛老师的环保教育课，仿佛又一次打开了'青海大自然'之窗。来吧，朋友！身未动，心已远，跟随着葛老师的步伐，一起走进青海，这个让人魂牵梦萦的地方！"

网名叫"放马南山"的微友留言鼓励："一辈子专注一件事，做到孜孜不倦，大赞！"青海曹茜留言说："葛老师为羚羊的付出，将载入史册，向您敬礼！"

10 个美篇是对自己 25 年拍摄、宣传野生动物保护做了总结。如今使用"美篇"宣传，对我来说已是"轻车熟路"。4 月 22 日的世界地球日、6 月 5 日的世界环境日等生态环保纪念日，我都制作美篇向人们传播环保理念，以便更多的人记住这些环保日期，加深对生态环保重要性的认识和主动参与。现在，美篇已经成为我宣传生态环保的又一阵地。

6. 继续守望

2019 年夏天，到青海对口支援的中央民族歌舞团首席作词老师王晓霞听说了我的事情，专门请人联系与我见面。我向她汇报了我的课件与中华对角羚的故事，她对我再三鼓励，回去后奋笔写下了精美的歌词：

守望

——环保卫士之歌 兼致摄影师葛玉修先生

作词：王晓霞

我们渴望翅膀
随他一起飞翔
一颗远行的心
也能散发光芒
我们插上翅膀
鸥雁同我欢唱
大爱之心

总能感动上苍

我们奉行天人合一
荡涤尘埃，抚平沧桑
碧水蓝天，生态家园
我们守望人间天堂

踏着山中的冰雪
闻着泥土的芳香
一行清晰的脚印
也能眺望远方
我们仰望天空
数着月夜星光
自然精灵
使人情怀荡漾

我们奉行天人合一
荡涤尘埃，抚平沧桑
碧水蓝天，生态家园
我们守望人间天堂

歌是写给全体环保人的，也是写给环保事业的，但她在歌名《守望》下写的“环保卫士之歌兼致摄影师葛玉修先生”让我倍感温暖。2020 年 4 月初，青海省音乐家协会主席苍海平，称赞歌词写得好，表示自己要亲自谱曲。几天后，他就谱写好了曲子，并与王晓霞老师两次电话沟通，打磨词曲，找人演唱。环保部主管的刊物《绿叶》了解这一情况后，立即刊发了这首歌。国家林草局主管的《绿色中国》，也在爱鸟周刊发了歌词。这首歌也被制成了 MV，真心感谢那些像王晓霞一样与我素昧平生，完全出于爱心真诚相助、支持宣传生态环保的好心人！

青海省祁连山自然保护协会会长、青海省作家协会副秘书长、青海生态作家葛文荣，在《我的生态之路》中写的一段话，让我心怀感动！他写道：

走上生态公益这条路，是缘于结识葛玉修老师。那时候，我还是地方媒体一个血气方刚的记者，被他那种为生态保护和物种保护四处奔波的精神所打动，记者的职业责任驱使我去挖掘他的事迹，先后在省内外媒体刊发了一系列他的故事。其中，他遭遇狼群、身陷沼泽地、孤身在三块石拍摄以及与小斑头雁之间难舍难弃的故事，迄今记忆犹新。在报道他的事迹、挖掘他的故事的同时，我也一步步走上了生态公益的路子。令人欣慰的是，在各界持续不断的努力下，如今青海湖畔的中华对角羚种群有了一定的恢复。

有一句话说，一个人做好事不难，难的是一辈子做好事。多少年过去了，葛玉修老师还在为公益的路上四处奔走，他先后十几次走进中央电视台，拍摄了几万张野生动物照片，几百次在全国各地进行环保演讲，多次撰文给政府呼吁保护该物种。仅仅这些，就给那些认为他是在作秀的人一个最有力的回击。谁愿意用毕生的精力去作秀？谁愿意不计成本地去作秀？

有人给他一个身份——民间环保人士。这背后的潜台词，就是所有的付出都是你自愿的，甚至得不到认可。这些年，葛玉修老师付出了多少，没有人替他算过账，甚至还受过有些人的非议，这就是民间环保人士的状态。他也清楚这一点，却并没有因为这个迟疑过，或者停下脚步，在环保公益这条路上不断走下去，直到生命的结束，已经是他

认准的方向，因为他常说：关注了生态，你得到的回报，远大于你的付出。

在20多年的拍摄中，我与中华对角羚缩短的不只是物理距离，而在努力缩短心理距离，力争与它们共鸣、共情。这些都已深深沉淀在了我的心里。若干年后，就是我走不动了，拍摄不成了，即便我坐在沙发上，也会享受沙滩的美好，即使躺在床上，我也能感到草原的辽阔。那些美好的往事，美妙的记忆，都将成为我一生遥远的冥想。

如今，世界濒危动物中华对角羚，种群数量已经得到较大恢复，基本上摆脱了物种灭绝的危险，令人振奋！它们在青海湖畔自由自在生活，迎接一批又一批关爱它的研究者、志愿者以及一睹为快的游客。看着自己的愿望一步步实现，幸福之感油然而生。

其实，通过对一种濒临灭亡动物物种的认知和挽救，我自己认识到了所有的野生动物都需要关注和保护。从守望一种野生动物，到守望青海高原所有野生动物，再到守护自己的家园，把这些转化成为生态环保做自己力所能及的事，通过自己去带动周围的人，引起人们对整个生态环保的关注和重视，这就是自己穷尽毕生精力所要做的事情。

由衷地祝愿人们与中华对角羚以及所有的野生动物和睦相处，共享蓝天、碧水、青山、绿地。向不遗余力保护生态环境、保护野生动物的各级政府、社会各界、科研人员、当地牧民和关心、支持、帮助我的所有亲人朋友表示感谢！祝好人一生平安！

附　录

我与中华对角羚大事记

1997年12月16日，拍摄到普氏原羚照片，成为世界第一张该物种的照片资料。

2003年2月18日，在《西宁晚报》发表第一篇由民间环保人士撰写的文章《普氏原羚SOS》。

2006年1月，建议将中华对角羚定为环青海湖国际公路自行车赛吉祥物。

2006年7月13日，中华对角羚被组委会定为环青海湖国际公路自行车赛吉祥物。

2006年12月，呼吁尽快建立中华对角羚专属保护区。

2009年9月，“特护站”在青海湖北岸刚察县哈尔盖镇挂牌成立。

2008 年 7 月《家园》《中华对角羚》等 2 幅图片，被选入“自然中国　和谐家园”中国生态保护成果优秀摄影作品，并在 2008 北京奥运会国家体育馆展示。

2009 年 4 月山东卫视《说事拉理》栏目播出《葛玉修与中华对角羚》的专题节目。

2009 年 9 月 17 日，被青海刚察县政府聘为青海湖普氏原羚（中华对角羚）保护站荣誉站长。

2010 年 3 月，拍摄的中华对角羚图被选入青海人民出版社出版的《大美青海》（青海省情教育读本）上。

2010 年，撰写建议《加强中华对角羚的宣传、保护和利用》。

2010 年 10 月，中央电视台 10 套《科学探秘》栏目，以中华对角羚为题进行了两集访谈。

2010 年 10 月，中央电视台央视网用 24 国语言 45 分钟直播《我与中华对角羚》的故事。

2011 年 6 月，《中华对角羚的家园》等 4 幅图片，在《中国画报》外文版发表。

2011 年 10 月，《家园》《嬉戏》《国宝中华对角羚》等 27 幅图片，在天安门广场大屏幕展示。

2012 年 4 月，凤凰卫视《地球宣言》栏目报道了中华对角羚的有关情况。

2012年9月，组照《中华对角羚》获“多彩贵州原生态国际摄影大展”野生动物类金奖。

2012年《中华英才》第19—20期用图片和文字报道了有关中华对角羚的故事。

2013年元月，中央电视台12套《道德观察》栏目，报道了中华对角羚的生存状况。

2013年9月，美国出版的中文报纸刊登了中华对角羚的消息。

2014年3月，中国摄影出版社出版了我的画册《青海湖精灵》一套两册 :《羚动湖畔》《鸟舞圣湖》。

2014年5月，撰文建议将中华对角羚作为环青海湖电动汽车挑战赛吉祥物。

2014年9月13日，长江特种纪念邮票发行，中华对角羚头像图被印在首日封上。

2015年1月，撰文《进一步加强中华对角羚的宣传和保护力度的建议》。

2016年12月，撰文《关于保护中华对角羚的具体建议》。

2017年7月，撰文《关于将中华对角羚定为青海省省兽的建议》。

2017年10月9日，央视一套大型地理节目《绿水青山看中国》，播出中华对角羚的多幅图片。

2017 年 12 月 13 日，《人民政协报》刊登了青海省政协副主席鲍义志长篇配图文章《嗨！中华对角羚》。

2018 年 1 月，省人大代表李永华、陈志、邓小川向青海省十三届一次会议递交了《关于将中华对角羚作为青海省省兽》的议案。

2018 年 1 月 14 日，央视《正大综艺　动物来啦》播出了我提供的中华对角羚的图片。

2018 年 4 月 23 日，中国野生动物保护协会在微博和微信公众号刊登了王黎奎撰写的《守望绿色家园，谱写生态美篇》，文中多次出现中华对角羚。

2018 年 4 月，《中国周刊》发表王国强《博大深邃的生命情怀》，文章出现中华对角羚文字和图片。

2018 年 9 月 15 日，山东卫视大型生态环保节目《美丽中国》，多次出现中华对角羚的视频和图片。

2018 年 10 月 5 日，中央电视台《朝闻天下》栏目播出专题时提到“中华对角羚”。

2019 年，作家孟宪军采访了我，撰写了长篇通讯《高原上的绿色追梦人》在《金融文苑》连载发表。

2019 年 12 月 25 日 谢恩德先生拍摄的反映我与中华对角羚的《高原守羚人》微电影，在中宣部组织的“学习强国全国短视频大赛”中荣获三等奖。

2020 年 3 月，青海湖保护与利用管理局公布消息称，中华对角羚已经恢复至 2700 余只。

2020 年 4 月，我拍摄的 3 张中华对角羚的图片，刊登在国家林草局主办的《绿色中国》杂志 4 月号上。

2020 年 5 月，全国“两会”上，政协委员张周平提交的《关于规范物种名称，叫响中国传统名称的议案》，肯定“把普氏原羚改称中华对角羚，是科学文化领域纠偏的具体表现”。

2020 年 10 月 10 日，山东卫视《五洲四海山东人》栏目播发了我关心保护中华对角羚工作的专题节目。

2020 年 11 月 11 日,新华网组织的“大江大河大征途”活动，邀请我在沱沱河畔讲述了拍摄中华对角羚的相关故事。

后　记

这本我与中华对角羚故事的图文书籍终于完成了，身上倍感轻松、心情格外激动。在我来青海 50 周年，拍摄野生动物 25 周年之际出版，真可谓一切都是最好的安排！首先是对家乡一直关爱、关注我的父老乡亲有个汇报，其次是对自己从摄影而走上生态环保之路的美好回忆和较系统的整理。特别是，从拍摄到第一幅中华对角羚图片开始的摄影者，成长为保护这个物种的呼吁者、呐喊者、守护者，看到中华对角羚这个极濒危物种，在政府和社会各界的共同努力之下，由原来的不到 300 只，发展到现在的近 3000 只，从极濒危物种转变成濒危物种，耕耘带来的收获，给自己的人生交上了一份还算满意的答卷。

书中用自己拍摄的图片，力求全方位展示中华对角羚的野性之美，并用自己的亲身经历，讲述图片背后的故事。既有拍摄的酸甜苦辣，难以言表的艰辛甚至无奈，但更多的却是幸福和快乐。一辈子，执着于一件事，用我妻子的话说，就是“一根筋”。本就愚笨的我，把这件事情做到底，是想让更多的人懂得：人与动物都是地球的成员，同在一片蓝天之下，一损俱损，一荣俱荣，关注生态，保护动物，爱护自然，是人们的永恒主题，是大家共同的责任！

借此机会，由衷感谢各级政府部门的大力支持！感谢研究中华对角羚的专家、学者对我的赐教、指导！感谢绿色社会组织的关爱和帮助！感谢金融界、环保界、摄影界、动植物保护界、媒体朋友、牧民兄弟给予我的支持和帮助！感谢家人、同事、战友、博友、微友以及所有帮助过我的人，是你们，促使我在环保的道路上一路前行，无怨无悔。

我是一个拿起笔来感觉比相机还重的人，写作水平有限，勉力完成。这期间得到了中共青海省委党校费雅君教授、王国强战友的鼎力相助，经青海人民出版社李兵兵副主任再三催促、美编薛建华主任的精心设计，终得出版，在这里对你们的辛勤付出表示衷心感谢和诚挚的敬意！

葛玉修

2020 年 12 月